The Last Holiday Concert

16號橡皮筋

文◎安德魯．克萊門斯
譯◎陳采瑛　圖◎唐唐

遠流出版公司

教育名家感動推薦（依來稿先後序）

《16號橡皮筋》再一次證明安德魯・克萊門斯是書寫校園小說的高手，即使是熟悉他之前同類型作品的讀者，仍可在驚喜中體驗小說的魅力。他對於六年級小學生的成長特質和學習方式有很多重要的看法，幸好，他不是用說的，他創造一群有頭腦又有人性的角色，鮮活的表現各種複雜的情緒欲望和充滿挑戰的人際關係，讓他們判斷、選擇和為自己負責，最後不僅演出一場精彩感人的音樂會，也演活了校園小說裡的人生。

——兒童文學評論家　**柯倩華**

一場聖誕音樂會的籌備，從兩條橡皮筋開始。故事在紛亂中隱含著秩序，在猜忌中展現著信任，在爭執中建構著和平，也在實驗中回到正軌。一波波的驚濤駭浪，讓人際關係失去了平衡，卻在峰迴路轉中，一次一次的拾獲友誼的支持。

我帶著感動，看著一個學生讓老師領會教育的夢想，讚嘆一個老師完成所有學生的學習創意。我是一個可以等待種籽發芽的校長，我也要對我的學生說，「是的，你可以信賴我！」

——台北縣秀朗國小校長　**潘慶輝**

《16號橡皮筋》是一本值得推薦的好書。從書中我們看到老師對教育工作的執著與熱情，也看到老師在教學與教室管理上的困境。但是為師者若能屏棄一廂情願的主觀意識，在教學策略上稍加調整，並給予學生較大的包容與自主空間時，學生將在自由奔放的思想下展現無比的創意，發揮學習的潛能。

——台北市仁愛國小校長 **胡應銘**

兩條橡皮筋，意外射出一個有趣且令人深思的校園故事。李察斯校長是個心胸寬大充滿彈性的教育家，可以接受師生雖混亂但不失控的創意表現。而梅涅特老師看似放手，卻有一顆敏銳覺察並關照孩子的心；他在適當時伸出援手，是學生可以依靠的肩膀，是讓學生覺得溫暖的老師。

哈特永遠是學校的風雲人物，總是呼風喚雨，但也碰到讓他困擾無法解決的問題，他知道了學習負責並不那麼簡單。最後他了解到很多時候還是需要父母老師的協助與指導，才能讓事情更圓滿。

《16號橡皮筋》不但書名特別，內容更是活潑有趣饒富意味，值得教育工作者及家長、學生一起來閱讀，希望藉由此書能喚起大家對教育不一樣的想法與做法。

——苗栗縣中興國小校長　林素珍

因為有過閱讀安德魯・克萊門斯校園小說的經驗，所以，當我展開這本《16號橡皮筋》時，心中充滿期待。果然，當我一口氣讀完後，忍不住要讚嘆——真是一本生動的校園小說！

校園故事容易讓人著迷，克萊門斯創作的系列尤其如此。無論主角幾年級，他都能巧妙掌握住這個年齡孩子的心理，貼近他們的生活，創作出動人的故事。就像電影一樣，鏡頭流暢地把讀者帶入一連串校園事件中，情節迂迴，高潮迭起，讓人看到故事人物遇到兩難困境時的抉擇，並且不著痕跡地傳達出正面的思考，使事情有了美好的發展。這樣的小說布局可說是全方位的，富含教育意義，卻不說教，不論什麼年齡層的讀者，都在其中得到啟發。

而最令我感動的是：作者精心為青少年建構了正確的價值觀，為父母師長提供教育者的思考，也為大人留住了童年的回憶片段，實在值得一讀再讀。

——台北市興華國小校長 **王宗平**

教學歷程需要對話與尊重，只要給孩子體驗、實踐的機會，往往會有意想不到的奇蹟出現。因為具有前瞻性的、更好的及新奇的事物並不存在既有的框架裡；而有智慧地面對困頓挫折，更會有意想不到的結果。這是一本家長、老師該讀的好書。

——台北縣新莊國小校長 **吳順火**

太難得了！這真是一部迷人的小說，值得每個人細細品味，去感受它的真、善、美。

故事情節看似稀鬆平常，但整個架構和人物都很有智慧。主角哈特的父母給他充分的自由，適時引導他；校長在看到教師的憤怒，接到家長的抱怨時，能冷靜從旁觀察，並做專業的判斷。

梅涅特老師更是了不起。他從暴怒、放棄職責、看學生好戲的心態，到冷靜觀察、思考，欣賞同學們的表現，進而給予支持和引導。在此我看到一位優秀教師透過自省，讓智慧快速增長。而同學們的演出更是精彩，從初嘗自由、漫無目標的遐想造成一片混亂，透過激烈的溝通終有共識，然後團結合作完成令人感動的音樂會。這過程紮實地提醒人們：自由、信任與責任的可貴價值非一蹴可及，需所有參與者願意真誠、開放、理性地思考並做出抉擇。

真的！我已經好久沒這麼感動了！故事中每個人都真誠對待他人，也都願意追求「善」，終於達成「美」的境界。這絕對是一部值得推薦的好書。

——台北縣板橋國小校長 **姚素蓮**

一個學生的兩條16號橡皮筋，「打亂」了老師原本「安排」好的教學課程！是「打亂」，更是威權課程的解構與師生信心的重建；是「安排」，卻顯現出學習者自發性的貧弱，以及學習過程的乏味；這正是當今教育體系普遍缺乏感動人心力量的原因。安德魯．克萊門斯的故事生動，不說教，書中彰顯出信賴孩子的信念與支持孩子的方式，與其說是一本孩子看的書，其實更適合父母家長及教育工作者閱讀。

——苗栗縣景山國小校長 **趙麗君**

1 帕瑪的學生

哈特‧伊凡斯坐在前排，這是學校年度規模第二大的集會。最後從教室出來的學生還找不到自己的位子，所以會場鬧哄哄的。哈特轉身環顧整個禮堂，視線從左掃到右，人群中還是有些生面孔，而這學期已經過兩個半月了。

等到最後一批學生坐定之後，哈特發現一件以前不曾注意過的事：這裡聚集了全部的六年級生，差不多快四百人。他腦中突然有個想法像是天啟或頓悟般地閃過。

哈特心裡的聲音在說：我們現在是帕瑪的學生了！

布藍伯里鎮的孩子，從幼稚園、一年級、二年級、三年級、四年級到五年級，不是唸柯林斯小學，就是唸紐曼小學。這情形彷彿是在同一座山的不同邊有兩條溪，而在這六年間，柯林斯小學和紐曼小學的學生就像這兩條溪水各自奔流，直到六年級才第一次匯集在帕瑪中間小學。帕瑪小學招收了鎮上所有的六年級生，而且只收六年級生❶。

每到秋天，六年級生都得花一、兩個月的時間去忘記自己本來是柯林斯或紐曼小學的學生。等到了十月或十一月，「我們是帕瑪的一份子」才終於烙印在他們腦海中。

現在哈特的感覺就是這樣。

哈特・伊凡斯喜歡待在帕瑪小學，因為這裡跟初等小學很不一樣。有部分的原因是建築不同，每一棟都大得多。這裡有更大的體育館、更大的自助餐廳、更大的操場，還有一間附有完整舞台設備的禮堂。因為十五年前的帕瑪，其實是一所中學。

除了外觀之外，帕瑪的運作方式也很像中學。所有學生都有自己的置物櫃，早上有導師時間，之後每堂課就隨著科目和老師的不同而更換教室。這是個全新的上學經驗，來到帕瑪小學之後，哈特覺得自己總算長大了些。

哈特喜歡帕瑪小學的另一個原因是，他的妹妹莎拉還待在原來的學校。她現在就讀於柯林斯小學四年級，比哈特小兩屆。打從莎

❶美國有些地區會將小學階段再區分為初等小學（elementary school）和中間小學（intermediate school）兩階段。中間小學大多僅收五、六年級生，其中部分僅有六年級，帕瑪小學即屬此類。此階段被認為是初等教育過渡到中等教育的中間時期。

拉上幼稚園的第一天開始，她就好像鞋底的口香糖一樣黏著哈特，總是不放過任何欺負、嘲笑或煩她哥哥的機會，而且還是個聒噪又愛打小報告的大嘴巴。莎拉從來就不相信她老哥居然是柯林斯小學的人氣王，但哈特真的是。

莎拉不懂，為什麼每個人都喜歡她老哥？但事實擺在眼前，同學們就是喜歡哈特。有誰能在午餐時間被十五個同學圍住，搶著和他一起吃飯？答案是：哈特。到了下課時間，誰總是率先被邀請去打棒球或玩躲避球，即使他的球技不是最厲害的？答案是：哈特。誰能在一整年中，持續被每位同學邀請去參加生日派對，每星期至少兩場？還是他，哈特。

莎拉知道哈特．伊凡斯不為人知的一面。在學校，他是個酷小子；在家裡，他比較像個書呆子，或是瘋狂科學家。哈特甚至還有自己的工作檯，其實那只是一張舊的三角邊桌，配上四支瘦巴巴的桌腳，以及一個超寬的抽屜。這是哈特在某個週六早晨踢完足球準備回家的路上，偶然在別人家的車道上看到的。

「媽！快停車！我需要那張桌子，它超完美的！」

「親愛的，那只是垃圾而已，你已經有張漂亮的桌子了。」

「但那張是寫功課用的，媽，我想要一張可以在上面胡搞……呃……就是那種可以用來做科學實驗的。把它放到衣櫃旁邊的角落剛剛好，根本不會有人發現那裡有張桌子。」

不過，他老妹就是知道那裡有張桌子。只要哈特不在家，莎拉就會去偷翻他在玩什麼無聊把戲。比如說，他用去年聖誕節得到的電鑽，在錢幣、瓶蓋、橡果、鉛筆……任何拿得到的東西上鑽出小洞。他會用黏合劑把釘子、石塊和生鏽的螺帽、螺絲釘黏出一座雕像，或是用膠水做出假鼻屎，不然就是拿藍色和綠色的玻璃碎片黏出怪怪的彩繪玻璃板。哈特到底是怎麼把塑膠牛奶瓶融成一大坨亂七八糟的東西，還有，為什麼他有那麼多種、那麼多包橡皮筋呢？

從唸幼稚園開始，莎拉就一直和哈特相隔兩屆，而她的身分也很快跟著曝光。「你也姓伊凡斯啊？」通常這是第一個問題。接著老師就會快速把她全身打量一遍，然後再慢慢仔細端詳她的臉形、藍色眼睛、淺褐色頭髮、瘦削身材、略高的身高，和她哥哥一樣。之後，老師會用喜悅的眼神看著莎拉說：「喔喔喔，沒錯，妳一定是哈特的妹妹，對不對？」這時莎拉會點點頭微笑。升到二年級，莎拉再也笑不出來。上了三年級，莎拉會回答老師說：「對啊，哈特就是我那神奇的、完美的、光宗耀祖的哥哥，但如果您可以永遠不要提到他的名字，我會很感激的。」

莎拉的朋友也會對她說：「哈特‧伊凡斯是你哥哥？他超酷的耶！」每當這時莎拉就必須說明，依據她個人的觀察，哈特根本就是個白痴。

不過這一切對哈特來說，都是過去式了。莎拉不會再跟他一起搭同一輛校車，他可以自己搭車去帕瑪小學。

「我們都是帕瑪的學生。」看著全部的六年級生，哈特思考著這件事。他無法用言語形容，但就是有種說不上來的奇怪感覺，好像他正透過時光機的後照鏡看著自己。他看見這四百個學生將和他一起迎向未來。這些學生將會跟他一起上中學，一起玩足球和跳舞，一起考汽車駕照，一起賴在皮克的餐廳裡消磨時間。就是這群學生，帕瑪的學生，會跟他一起從高中畢業。他看著他的同學們，第一次這樣凝視著大家。

接著，哈特‧伊凡斯，這位透視未來的預言家，想起了口袋裡糾結成一團的橡皮筋。這一瞬間，他又變回六年級小學生。

哈特並不是突然想射橡皮筋。別開玩笑了，現在是集會時間，更別提是從第一排射出橡皮筋，這樣未免太明目張膽了吧。哈特已經有兩年多射橡皮筋沒被抓到，他打算繼續保持這個紀錄。

口袋裡的橡皮筋等一下才用，要留到午餐之後，因為下午的第一堂課就是合唱團的練習時間。哈特是這麼想的：幾條發射完美的橡皮筋，正是六年級合唱團所需要的。

2 酷小子

哈特忍住了一個哈欠。他覺得疲憊，而不是無聊。其實他喜歡集會，因為有時候安排的節目還不錯；即使有時節目不怎麼樣，集會時間裡還是有很多可以自由運用的空檔。只要你能保持往前看，不閉上眼睛，這將近一小時的時間內，你可以任由思緒自由飛翔。在學校裡，這種機會可不常有呢。

舞台上有兩對男女穿著一八四〇年代的服裝，叼著麥桿的男人拿著斑鳩琴，穿著藍色牛仔吊帶褲的女人則拿著吉他，四個人正唱著跟伊利運河有關的歌曲。他們都是很優秀的表演者，用民謠歌曲來表現美國歷史的做法也非常有意思。只是他們已經表演三十五分鐘了，感覺不再新鮮有趣。哈特決定關上耳朵。

又來了一個哈欠。

哈特讓他的思緒回到幾個小時前。他想起了床邊牆壁裡水管的嘈雜流水聲，這是為什麼他今天早上六點就醒了，因為他爸爸開始沖澡。哈特試著再度回到夢鄉，但是自動咖啡機已經將早晨的香味傳遍整個屋子。

通常媽媽都會在最後一刻把哈特從床上拉起來，這樣他才來得及隨便套上一件衣服、拿把梳子梳頭髮、抓片吐司再喝口果汁，然後全速跑去趕校車。每當他衝過廚房時，莎拉總是會說些「只有笨蛋才會遲到」這類的話。

今天可不同。快七點的時候，他爸媽走進廚房，哈特已經開始吃第二碗早餐穀片。

媽媽很吃驚。「你今天還好吧，小哈特？」

哈特說：「媽，我很好。我只是起得早而已。還有，請不要再叫我小哈特了，好嗎？」

在伊利運河上待了十五年！

舞台上的人唱著。兩個男人穿著驢子的道具服走出來，開始拉著平底船到處晃。哈特笑了起來，但他繼續想著今天一大早的事。

爸爸通常只要三分鐘就能出門。他會一邊快速掃過報紙頭條，一邊將咖啡倒進隨身杯中。接著媽媽把烤過的貝果用紙巾包好，遞給爸爸，爸爸回媽媽一個吻。一切妥當，準備出門。

哈特這時問爸爸說：「爸，你今天可以載我去學校嗎？」

「抱歉，哈特，我得避開交通尖峰時間。再說，如果我現在載你去，你會提早一小時到學校。」

大門關上後，哈特聽著爸爸發動新跑車時的轟隆引擎聲。新跑車才剛買三個星期而已。

要過橋了，大家蹲下！

舞台上的演員試著讓台下六年級學生也跟著一起唱，可是沒有人理他們。

哈特心想：難怪爸每天都起個大早開車到市區去。有這樣一輛帥勁十足的車，誰會不願意早起呢？

哈特非常希望爸爸能用新車載他到校門口。他可以想像爸爸開車轉進前門的大圓環，輕快地經過停在旁邊的巴士，在人行道前俐落地停住。接著，銀色敞篷車的車門打開，在所有學生的注視中，哈特下車。他輕輕甩上車門，向爸爸揮手，然後這輛精悍的子彈跑車，朝十二號公路急駛而去。

以上情節雖然純屬想像，但總有一天會實現的。

不過，哈特並不需要特別的協助才能成為酷小子。哈特‧伊凡斯正以自己的方式變成帕瑪小學裡最受歡迎的人。正如過去兩年在柯林斯小學一樣，他從不需要跟別人競爭。即使學校裡有很多男生比他帥、比他壯，甚至比他更聰明，但是沒關係，哈特就是裡面最酷的。他連名字都很酷，因為哈特是「哈特佛」的簡稱，會讓人聯想到哈特佛重型機車，真是超級酷。

柴克・班可斯和亞歷思・尼力是哈特在帕瑪小學裡最要好的朋友。亞歷思比哈特高一點，他不是運動型的人，他喜歡閱讀，思緒敏捷而且深具幽默感。他住在哈特家附近，兩個人一起唸柯林斯小學。哈特只要有電腦方面的問題、作業內容不清楚或是想聽聽笑話時，都會打電話給亞歷思。他們每天早上搭校車時也坐在一起，從以前就是這樣。他們兩人最大的共同興趣，就是收集破銅爛鐵。布藍伯里鎮收垃圾的時間在星期三清晨，如果星期二晚上的天氣不錯，他們就會一起騎腳踏車去垃圾堆尋寶。

亞歷思知道哈特很受歡迎，他並不特別佩服，但哈特對女生們也有影響力這點除外。萬聖節舞會前，亞歷思就跟哈特說：「我特別派你去幫我跟蕾吉娜說點好話，愛蜜麗也可以，要不然找卡洛琳或是蘇，任何女生都好，拜託拜託！」

柴克的情況就不同了。他有頭黑黑捲捲的頭髮和燦爛的笑容，同時也是布藍伯里鎮少年足球隊的最佳球員，本身人緣就很好。進入帕瑪小學的第一週，他經過仔細觀察評估，覺得當哈特的朋友是一個聰明的做法。由於他們導師是同一人，所以很快就混熟了。

「哈特，你跟我，」柴克有天對他使了個眼色說：「我們兩個一定可以闖出名號。」這句話說的沒錯，他知道柴克的意思。不過哈特的不同之處，在於他從不刻意去營造他的超人氣，這一切都是渾然天成。

就像今天早上一大群學生排隊走進禮堂時，路上至少有十幾個人對他微笑或揮手向他打招呼，希望引起他的注意與回應。因為只要哈特能注意到自己，他們就會心情愉快。哈特也很慷慨，他會向李點頭，對史帝夫微笑，然後說：「嗨！湯米！」接著，他會對禮堂另一邊的某人點個頭，說：「丹！最近怎麼樣啊？鞋子很讚喔，新買的嗎？」哈特的親切不是裝出來的，他是真心誠意的。

對哈特的好個性與輕鬆自信，沒有人能夠免疫。當他為了遲交社會科作業而道歉時，毛老師會說：「我還是要扣你分，哈特。」但後來並沒有。

當哈特被抓到在體育館學泰山拉繩子盪來盪去，哈維斯老師會發飆吼著：「伊凡斯！放學後給我跑操場十圈！」等到笑容燦爛的哈特三點整去找老師報到時，體育老師也只是大聲地說：「去吧！快去趕校車，下次不准再犯！」而哈特的超凡魅力，甚至連餐廳阿姨也躲不過。

快到感恩節了，但對哈特來說，卻像是學期快要結束一樣。光陰似箭，在帕瑪的六年級時光像是一陣微風。他交到很棒的朋友，上課這件事在他繁忙的社交生活裡只是小小的阻礙，即使是家庭作業也沒對他造成多大困擾。簡而言之，上學是件很棒的事。哈特覺得這裡是屬於他的天地。

除了星期一到星期五的午餐時間過後。因為那是梅涅特老師的合唱團練習時間。

哈特其實很喜歡音樂。他曾經學過兩年鋼琴，最近也開始練習起樂團裡最酷的樂器——那當然是鼓囉。可惜六年級樂團裡已經有三個功力更強的鼓手了，哈特只好加入合唱團。

哈特有副不錯的嗓子，至少他在浴室洗澡時聽著自己的歌聲，覺得還頂不賴的。所以，問題並不在於音樂，他只是單純地討厭合唱團而已。

他不喜歡站著張大嘴巴，唱些自己絕對不會選來唱的歌。哈特喜歡自己的音樂、自己的歌，喜歡用自己的方式來唱，而不是用梅涅特老師的方式。

更討人厭的是，學校居然還要辦音樂會，這是整個過程中最糟的一部分。學校在整個學年會一直舉辦各種節目和表演，先是萬聖節扮鬼大會，然後是聖誕節音樂會，再來是冬至歌唱大會，接著是迎接春天活動，最後是畢業典禮。

要辦音樂會就表示要學更多的新歌，也就是必須一直一直唱這些歌，然後還有沒完沒了的集體起立、坐下、上台、下台，要立正站在階梯台上拿著樂譜，穿著白色襯衫、黑色長褲、黑色襪子和黑色鞋子。

哈特認為是梅涅特老師把合唱團弄得這麼尷尬、討人厭又不舒服。合唱團就是不酷，一點都不酷，甚至可以說，合唱團會把哈特的形象給毀了。

在帕瑪這個小宇宙裡，一邊是哈特跟他緩慢轉動的終極酷炫銀河，而另一邊的時空裡，比所有的星星、月亮和星球都還要遙遠，躲在最邊邊的那個就是梅涅特老師。他在一個很遜的黑洞裡搖頭晃腦地唱著歌。

因為快到感恩節了，所以梅涅特老師已經開始催促大家為接下來的聖誕節音樂會做好準備。一個小時的盛大音樂表演需要紮實的練習才能達成，從梅涅特老師的角度來看，他的合唱團表演才是整場音樂會的重點。整個星期裡，梅涅特老師連笑話都不說了，他比以前更嚴厲、更暴躁、更嚴格要求。

時光像火車一般飛逝……

整場集會的最後一首歌是《我一直都在鐵路上工作》。表演者請所有的學生都起立跟著一起唱。斑鳩琴的樂手不斷在歌聲間穿插大喊：「你們可以唱得更大聲嗎？」當他問第三次時，全部的學生用盡肺活量嘶吼。歌曲演唱完畢，響起如雷的掌聲而且延續不斷，逼得李察斯校長上台叫大家安靜下來。

學生離開禮堂，哈特瞄到梅涅特老師在舞台邊向表演者致謝。

哈特微微一笑，心想：「午餐後見囉，梅涅特老師。」

哈特覺得，今天是今年以來頭一次，合唱時間會變得很好玩。

3 偏離靶心

哈特知道自己正冒著極大的危險，但他一點也不在乎。根據他的估算，合唱團比學校的其他活動還要討人厭十倍，意思就是超級無敵討厭啦！哈特覺得合唱團需要一點刺激，甚至是一點危險！其實這也就是讓哈特覺得好玩的地方。

六年級合唱團正準備學《屋頂之上》這首歌。每個學生都站在折疊桌前，手裡拿著一本舊歌譜。音樂教室建成半圓形，四層階梯讓學生看起來像是站在表演舞台上。

中音部的和聲聽起來像在殺雞，所以梅涅特老師只好讓大家不斷反覆練唱第一句歌詞及副歌。老師站在教室前方，右手在電子琴上彈出旋律，左手指揮穩住節拍，並用盡所有肺活量大聲唱出中音部的和聲，試圖把音符塞進三十個六年級女生的腦袋裡。他不斷把覆在前額的頭髮撥開，棕色眼睛裡一直閃出警告的眼神，臉也漸漸漲紅。每個人都看得出來，梅涅特老師沒有心情跟大家鬧著玩。

哈特為今天的襲擊選了經典的十六號橡皮筋。十六號橡皮筋在拉開之前，厚度是零點二公分，直徑是六點三公分❷，有效襲擊範圍約六公尺。在行家的手裡，經典十六號橡皮筋不但無聲無息，而且命中精準。

哈特跟大部分男生一起站在教室左邊，因為他的聲音很低沈，所以站在後排。這樣很好。他一邊注意著梅涅特老師，一邊從口袋裡掏出一條全新的經典十六號橡皮筋。他把橡皮筋的一端勾在硬殼歌譜的一角，再把另一端往後拉十公分，用食指壓在歌譜的底邊。

一切準備就緒。

哈特舉起歌譜，調整了一下位置，他在吉米・洛曼和比爾・羅斯頓之間找到一條無障礙的發射路徑。他的手心開始冒汗。當大家唱到：「喔、喔、喔，誰不去呢？」梅涅特老師像以前一樣面向女生，這時哈特放開了食指。

橡皮筋咻一下從吉米的右耳邊飛過去，在黑板前劃出一個優雅的弧度，先彈到梅涅特老師斜放的譜架，再落在梅涅特老師深綠色的毛衣上，他胸前因此多了一個褐色的圈圈。

---

❷橡皮筋依粗細與直徑大小分為不同尺寸規格，此為美國規格的編號。美國的十六號橡皮筋，大小換算為台灣常用規格，約為二十五號。

梅涅特老師沒有發現橡皮筋，但他注意到教室裡有一陣小小的嘻笑聲，他搖搖手叫大家停止嬉鬧，繼續練唱。

哈特贏了，其實他該就此停手，但沒有。他掏出另一條新的橡皮筋，而且在拉到底前還多轉了一圈以增強彈力。他打算把這條橡皮筋射到梅涅特老師頭上的日光燈。他用力拉緊已經轉了兩圈的橡皮筋，瞄準目標，當唱到「登上屋頂，踏、踏、踏」的時候，第二條橡皮筋彈射出去。

可能是他的手指滑了，也可能是他拉得太大力，更可能是他不該多轉兩圈。橡皮筋快速又筆直地飛向梅涅特老師，用力射在他的脖子上。

梅涅特老師像被蜜蜂叮到一樣縮了縮脖子，琴聲也停了下來。他用手拍拍脖子，彎下腰，眼睛快速搜尋附近有沒有蜜蜂。有些學生笑了出來，梅涅特老師知道自己現在看起來很呆。他微微一笑，舉起手要大家安靜。他說：「好啦，餘興表演結束了，讓我們從副歌再練習一遍。」

他低頭看著鋼琴，發現了橡皮筋，一條在琴鍵上，另一條掛在他的毛衣上。

梅涅特老師瞇起眼睛。他嘴巴抽動，眉頭皺起，表情慢慢顯現出憤怒。暴風雨前的寧靜，真叫人難受。

「是誰？」他咆哮著：「誰射的？」他眼裡閃著怒火，用拇指和食指捏著橡皮筋在面前甩啊甩。

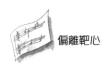

「是誰？」他又吼了一次，「誰射的？」他從鋼琴前走出來。「到底是誰？快說！」

有時在喜劇片或電視裡看到一個人氣得跳腳、氣到講話打結、大聲咆哮、跺腳、臉紅脖子粗或眼凸咬牙，常會令人捧腹大笑，但是，這發生在現實生活中卻一點也不好笑。

梅涅特老師判斷橡皮筋是從他的右邊射過來，於是轉向男生。

「說！」他大吼：「到底是誰？給我說！」梅涅特老師快速掃過每一張臉，當他的眼睛對上哈特，他立刻就明白了。

「就是你！」老師指著哈特的臉說：「一定就是你，對不對？快回答我！」

哈特腦中一片空白，他從來沒看過一個老師如此情緒失控。哈特的酷帥此刻完全消失無蹤，他帶著罪惡的表情輕輕點頭。

梅涅特老師瞬間抓住哈特的手臂，把他拉往門口。從音樂教室走過穿堂到達校長室，只花了十五秒。哈特得用小跑步才不會被梅涅特老師拖著走。梅涅特老師即使氣喘吁吁，臉上的表情依然因為

憤怒而扭曲，他咬牙切齒地說：「這樣很好玩，很好笑嘛！」

校長室的門關著，梅涅特老師「碰」的一聲敲門兼開門。李察斯校長從桌上的文件中抬起頭來，梅涅特老師大聲說：「這……這位同學覺得用橡皮筋彈我的脖子很好玩！」

校長的目光從老師漲紅的臉轉向哈特嚇白的臉。

他對梅涅特老師點點頭，說：「放開他吧，他不會跑掉的。」

老師放下了哈特的手臂，接著拿起橡皮筋說：「他拿這個彈我的脖子。」

李察斯校長看著哈特。「是這樣嗎？哈特，是你射的嗎？」

哈特先吞一口口水才說：「是……是我射的，可是我沒有瞄準老師，真的！對不起，我本來是要射老師頭上的日光燈，真的！」

「喔，是喔！」梅涅特老師又大聲起來，「就這麼不巧打到了我的脖子。」他接著又拿出另一條橡皮筋，「那你要怎麼解釋這一條？這條掛在我的毛衣上，難不成你也是要射日光燈？」

校長從椅子上站起來。「梅涅特老師，請冷靜下來，不用這麼大聲。我希望你先回教室，現在教室裡有人看著學生嗎？」

「呃，沒有，」老師說：「可……可是這……這是一種攻擊行為，現在是特殊狀況。」

李察斯校長點點頭說：「我明白你的意思，我會查出是怎麼一回事。麻煩你先回教室，讓我跟哈特談一談。」

梅涅特老師轉身，憤怒地看了哈特一眼，然後踩著重重的腳步離開校長室。

李察斯校長坐回椅子上，哈特隔著辦公桌看著校長。「真的，我真的不是要射老師。我第一次是瞄準譜架，可是橡皮筋彈到老師的毛衣上，只是反彈作用而已，事情就是這麼單純。我發誓，我根本沒有要傷害任何人。」

校長盯著哈特好一陣子，說：「我相信你，你彈到老師只是意外，可是你一開始就不應該玩橡皮筋。如果橡皮筋打到的是老師的眼睛，問題就大了。你身上還有橡皮筋嗎？」

哈特從口袋裡掏出來，放到桌子上。

「置物櫃裡有沒有？」

哈特搖搖頭。「沒有，我只有這些而已。」

李察斯校長說：「你今天放學後要留在辦公室，明天也是。最好帶作業來寫或帶書來看，聽懂了嗎？」

哈特點點頭，接著問：「那個……我可以打電話給我媽嗎？因為她比我晚一個半小時回家，她不希望留我妹一個人在家裡。」

校長看看手錶。「嗯……好吧，這樣的話，你從明天開始課後留校。今天回去跟爸媽說，你明天和後天都要留在學校一小時，還要跟他們說明原因。以後不准帶橡皮筋來學校，知道了嗎？」

哈特點點頭。「那……我可以回教室了嗎？」

校長點頭說：「嗯，你可以回去了。」

哈特離開校長室，但當他走向穿堂時，校長叫住他：「哈特，等一下！」哈特停了下來，轉過身。

校長問：「你有東西放在音樂教室嗎？」

哈特搖搖頭。「我的書包在置物櫃裡。」

校長指著大辦公室牆外的長椅說：「我要你這堂課結束前先坐在那裡等。」

「好。」哈特回答，然後走向長椅，坐下。

校長關上門後，哈特轉身看看頭上的時鐘。現在是一點四十四分。這表示他還有九分鐘要等，以及思考。

哈特一開始只想到梅涅特老師氣急敗壞的表情，老師已經完全失控了。想想自己所受的處罰，他覺得還滿幸運的。校長真是個好人，把他從梅涅特老師的手中拯救出來。

而且校長很聰明，哈特知道為什麼校長要他坐在這裡等下課。李察斯校長知道，至少現在要先避免掉哈特和梅涅特老師同處一室的尷尬。

哈特同意，百分之百同意。

4 不良示範

三點零七分，梅涅特老師衝進校長室。

「校長，請告訴我，我看到的不是真的！我看見伊凡斯那小子搭校車回家，還跟他的狐群狗黨一路上有說有笑。一個用橡皮筋射老師的學生居然可以不用課後留校，居然可以準時回家！告訴我，我是不是瞎了？還是我瘋了？請給我一個合理的解釋！」

李察斯校長站起來，把門關上。「大衛，這已經是我今天第二次拜託你不要在辦公室大吼了。來，坐下吧。」

「我不要坐！」

校長看著他，手指著辦公桌前的藍色椅子說：「大衛，坐。」

校長坐在另一張藍色椅子上。「沒錯，你看到的是哈特。你會看到他坐校車回家，那是因為他的父母都在工作，而他媽媽要他放學後在家裡陪妹妹。如果哈特今天放學後留校，對家長來說會造成困擾。孩子犯錯，我們要處罰，但不應該處罰家長。你放心，哈特從明天開始會連續兩天留校。」

梅涅特老師從椅子上跳了起來。「什麼？兩天？只有兩天？」

校長點點頭說：「是的，兩天。我相信哈特並不是蓄意要用橡皮筋射你，所以他是因為在學校射橡皮筋而被課後留校兩天。這個處置很公平，事情就到此結束。大衛，別再想了，你明白我的意思嗎？別再想了。」

「不然我還能怎麼辦？」梅湼特老師說：「反正你又不能開除我兩次。」

李察斯校長沉默了一會兒，他早有預感這件事又會被提起。他用更和緩的口氣說：「大衛，你並不是被開除的啊，你也很清楚，是因為鎮上經費不足，所有學校都只能精簡人事，我一個月前就跟你說了。音樂老師與美術老師會第一批被裁撤，這件事並不是我決定的。我能了解失業會讓你陷入低潮，但也不該讓個人的情緒影響你在學校的表現啊。」

「我的表現！」梅湼特老師用力一瞪，「這是什麼意思？我的表現？」

「大衛，坐吧。我說的是今天下午你跟哈特的事，你反應過度了。我甚至還得叫你放下那孩子的手。你知道那可能會出什麼問題嗎？對你，還有整個學區？如果你把哈特的手臂抓出瘀青，或是弄傷他的肩膀，這件事可能會變成今天晚間新聞的頭條。我們都很清楚，這是有可能發生的。你今天任由自己的情緒失控，這樣一點都不專業，這就是我說『表現』的意思。」

梅涅特老師轉身看向窗外。最後兩台校車正駛離學校。

校長繼續說：「對於鎮上的經費問題，我感到很遺憾，同時我也很遺憾你的工作只到明年一月一日。你當然一定會很憤怒，畢竟這個聖誕禮物任誰都不想要。你是一個很棒的音樂老師，大衛，我真的不願意失去你，但我實在無能為力。我已經請學校董事會先收好裁員名單，直到聖誕假期才讓本地新聞公布。我也很清楚為什麼你和其他老師會這樣要求，因為旁人同情的目光更叫人難受。所以……我們也只能在最糟的狀況下，尋求最好的解決方法。」

「最好的解決方法。」梅涅特老師說，眼睛依然看著窗外。「你說的容易。」

「不，」李察斯校長說：「一點都不容易，八年前我們也經歷過同樣的事。這一點也不容易，不管是對我，還是對其他人。」梅涅特老師沒有回話，所以校長又繼續說：「如果有什麼我能做的，我早就去做了。我還在盼望轄區機關可以在年底前設法補上缺漏的經費，但是希望渺茫啊。如果你願意的話，我可以幫你寫封求職推薦信，我對你的工作表現一定會大力讚揚的。」

梅涅特老師只是坐著，面向其他地方。

在一陣尷尬的沈默後，李察斯校長開口：「嗯，十五分鐘後有教職員會議，我得先準備一下。待會兒見吧。」

梅涅特老師站起來。「我不參加會議了。」

「喔，那麼，我們就明天見了。」校長說。

梅涅特老師點點頭，走出校長室。

5 誘人的好主意

哈特的爸爸在晚餐時刻回到家，而且，他還買了兩個大披薩，所以大家的心情都很不錯。

當哈特咬著一大片義大利辣味香腸起司披薩時，他的內心掙扎著到底要不要告訴爸媽被罰課後留校的事，還有，射橡皮筋的事。

這個週末，柴克的爸爸答應要帶他們四個人去麥迪遜花園廣場看冰上曲棍球比賽，是紐約遊騎兵隊對波士頓棕熊隊。如果週末被禁足的話，就太悲慘了。

「或許不要說比較好。」他心想。

但是他得課後留校兩天，而媽媽總是準時三點半回到家，這就是問題所在。

「或許明天在媽回來後，我可以叫肯尼・藍伯特來家裡跟媽說我得留在學校做點事。肯尼會幫我的，而且這也不算說謊。然後我再搭四點半最後一班校車回家。」哈特心想，只要不說出來，他就可以安然脫身。

他喝了一大口葡萄汽水，打個嗝，立刻說聲：「不好意思！」然後他想：「那第二天怎麼辦？連續兩天晚回家，怎麼看都很可疑，媽一定會追問所有細節的。還有，莎拉這兩天都會有半小時自己一個人在家，怎麼辦？媽會生氣的。」

哈特心裡很明白，如果他不把全部事實說清楚而被發現，他就麻煩大了。在他伸手拿香腸蘑菇披薩的同時，他又想：「或許我該把全部的事都說出來，賭賭看運氣如何。」

莎拉拿餐巾抹一抹嘴，再放回膝蓋上，說：「嗯，哈特，今天學校好玩嗎？」

哈特差點被一大塊起司噎到。從莎拉的語調聽起來，她已經聽說這件事了。她一定知道所有事情，而且正打算抓他的小辮子。

哈特內心的掙扎就此結束。

他點了點頭並快速吞下口中的披薩。「好玩啊。事實上有點好玩過頭了，因為我在合唱團時間做了蠢事。我亂玩橡皮筋，不小心射到梅涅特老師。明天我放學後要留校，星期五也要。」

他爸媽皺起了眉頭，莎拉則暗自竊笑。

哈特聳聳肩，換上無辜的表情。「嗯，梅涅特老師非常生氣，不過校長知道我不是故意要射任何人，只是我不該玩橡皮筋，所以才罰我課後留校。真的，我以後絕不會再做這樣的事了。」

媽媽點點頭。「很高興聽到你這麼說。我想，我明天和後天都要早點下班了。」

爸爸說：「課後留校兩天？」

哈特回答：「我知道這個處罰滿嚴重的，爸，那是因為橡皮筋打到梅涅特老師，要是打到他的眼睛就更糟了，所以校長才罰我留校兩天。校長是對的，我不應該在學校玩橡皮筋。」

爸爸點點頭。「聽起來你已經學到教訓了。」

接著換哈特點頭說：「是啊，我學到了。」

哈特知道他過了爸媽這關。他咬一口披薩，趁機瞄妹妹一眼。

莎拉正皺著眉頭。

在小鎮的另一邊，露西・梅涅特塞了滿口食物卻仍在講話。

「你知道我的看法嗎？我覺得你應該辭職。」她用手中的筷子在空中比劃來加強語氣，「就是現在，辭職走人。」

梅涅特老師把學校的事拋在腦後，試著恢復原有的幽默感。他笑了笑，斜斜拿著外帶中國菜的白色餐盒，夾出一塊炒蝦仁。

他太太露西繼續說：「我不是在開玩笑喔，大衛。我的薪水足夠應付我們兩人的開銷，而且我們還有一些存款。你明天應該走進校長室，跟那個李察斯大王說你不幹了，而且是立即生效。如果這個小鎮的納稅人就是要開除音樂老師和美術老師，那很好，隨他們去吧！讓他們去養些文化小文盲好了，看他們將來會怎樣！」

露西・梅涅特也是學音樂出身，他們是在大學時認識的。但是露西知道自己沒有當老師的耐心，也不想當歌手賺錢，所以她到一家電腦軟體公司上班。她在讀寫樂譜上的才能，也順利發揮在讀寫電腦語言上。她現在正努力往軟體研發師發展，比以前更加缺乏耐性，尤其是對她先生任教學校的運作方式。

喝了一大口水後，她又繼續開砲。「真是笨死了！我說啊，如果一家公司缺乏經費，就算要削減成本，也不會用裁掉最有創意的員工這種笨方法！你只要請每一位員工接受減薪，然後大家齊心協力，一起思考，一起奮鬥，一起找到賺更多錢的方法就好了啊。如果真的非裁員不可，應該要從高層開始，把那些沒做什麼重要事情的肥貓董監事裁掉才對嘛！如果你問我的話，我會說這就是布藍伯里鎮的學校該做的事！至於鎮公所這邊呢，如果他們真的相信教育很重要的話，他們應該去找新的財源啊，可是他們太笨又太自私，所以我才叫你辭職。你明天去找校長，說你要辭職。」

這是個很吸引人的主意，不過梅涅特老師搖搖頭說：「你知道我不會那樣做的。」

「為什麼？」露西追問。「你怕他們跟其他學校說你壞話嗎？如果你的新學校在五、六年後又遇到經濟不景氣，你想會怎樣？我可以告訴你會怎樣，他們還是一樣會開除你，就像布藍伯里鎮這裡一樣。說實在的，我真的不懂你為什麼要繼續教書，這份工作根本沒有前瞻性嘛。」

他們夫妻以前就討論過這件事了，但是大衛不想爭辯。這是他太太唯一無法理解他的地方。

他想當老師是有理由的，很個人的理由。

從五歲到十六歲，孩提時代的大衛・梅涅特就換了九間學校，住過七個州。只要他父親工作晉升，他們全家就得搬家。大衛幾乎每個學年都在當新來的轉學生。這些年裡唯一不變的是他的音樂才能。他有副好嗓子，擁有絕對音準，更是個彈鋼琴的好手。他的樂隊和合唱團老師總是讓他覺得舒服自在。音樂是大衛唯一的心靈支柱，不論他們搬到哪裡。

兩年前，大衛得到了布藍伯里鎮的音樂老師教職，當時他真的很興奮。布藍伯里鎮的音樂課程被公認是整個州，甚至是全國最優秀的。他和他太太在這裡買了一間小公寓，覺得終於找到了自己的歸宿。他很想一直留在這裡，想打造一個孩子永遠不用再搬家的家庭。他也想當個讓轉學生覺得溫暖的老師，想教鄰居的孩子，看著他們年年成長。他想一直待在這裡，這樣就可以看到哪些孩子長大變成音樂家，因為他知道有些孩子真的很有天分。像他太太就不懂為什麼他要去聽中學的音樂會，這是因為兩年前，這些八年級的孩子曾經待過他的六年級合唱團。他們一樣還是他的孩子。只要有教職出缺，他也希望能夠到高中合唱團任教，指導有志於歌唱的學生，並且挑戰更高深的音樂。

但是現在，六年級合唱團就是他的歸宿，而且是個好的歸宿，直到一個月前都還是。

開除。學區董事會的說法並非如此，他們說這叫做「人力精簡」。他並不是被開除，只是被「精簡」掉了。他們並沒有針對個人，也不是要趕走他這個人，他們只是沒有錢，只好裁撤掉這份工作。不論是開除或是精簡，最後的結果還不都一樣。

李察斯校長今天下午說的話很對。梅涅特老師自從接到消息之後，就一直很沮喪。而且，沒錯，他對哈特射橡皮筋的事真的反應過度了。

但是他不能辭職，即使學生們根本不在乎，說不定他們還會拍手歡呼呢。今年的合唱團真的很難帶，有超過一半的學生根本不合作，總是抗拒學新的歌曲，偏偏他最不擅長的就是管理課堂秩序。

辭職並不是他的選擇，這樣做不對。

他的沈默讓露西更有話說。「說真的，大衛，你考慮看看。你花了許多課餘時間去找新的曲子，每年都舉辦校外教學帶學生去大都會歌劇院參觀彩排，還組織家長當音樂會布置的義工。你不只帶音樂課，還帶了一個新的即興歌唱團體，又要抽空指導獨唱的學生，而且你也幫忙六年級樂隊跟交響樂團，甚至自己重新編曲，這些都是用你的私人時間。我知道你熱愛這份工作，可是你每週都至少超時工作十個小時。你領的是死薪水，又沒有加班費。為了感激你的熱情付出，學校委員會竟然決定在學年中開除你，這實在太過分了。我可不是在開玩笑喔，你真的應該要考慮辭職，不然至少也要抗議一下，他們根本就是爬到你的頭上糟蹋你，你根本就不用做那些額外的事。」

梅涅特老師伸出手，握住太太的手。「但這是我的工作，只要在這崗位一天，我就要盡力做好。我知道你覺得這樣很蠢，但是我沒辦法改，這就是我。」

露西笑了笑，搖搖頭說：「我知道啦。如果你像我說的那樣，我大概就不會嫁給你了。」

這是梅涅特老師今天最美好的一刻。

6 放手一搏

週四下午梅涅特老師踏進音樂教室時，學生比平常更安靜。他們看起來有點緊張，有點不安。

梅涅特老師覺得很滿意，這是個好的改變。對一個才教兩年書的年輕人來說，通常都是他感到緊張不安。他心想：「也許我該經常發飆才對。」

點名的時候，他故意不看哈特；即使他看了，他們的視線也對不上。因為哈特刻意不看梅涅特老師，他覺得今天還是保持低調比較好。

梅涅特老師把點名簿丟到桌上說：「我們今天要來唱猶太人的光明節❸歌曲。」

教室裡充滿著咕噥聲，梅涅特老師裝作沒聽見。「我們等一下要學一些希伯來文，各位請起立。」

學生們邊站起來邊低聲抱怨，當然，梅涅特老師還是裝作沒聽見。「我們先從最簡單的開始，我想你們應該會這個字。深吸一口氣，我要聽見每個人都說『Shalom』（平安）。」

但是學生唸出來的卻像是「salami」（義大利火腿）。

梅涅特老師搖搖頭。「不對，聽好，是Sha-lom，來！」

學生再唸了個音。

老師又搖頭說：「不對，不是Shiloom，是Sha-lom，o要發長音，像home的o一樣。這次要唸清楚，來，一二三，Sh……」

第一個音節還沒唸完，凱倫・貝克就指向窗外大叫著：「看！下雪了！」

希伯來文發音練習就在一陣尖叫中停止，每個人都轉頭看向窗外。「嘿！下雪了！看哪！下雪囉！」

提姆・米勒大喊：「說不定明天會下一整天的雪！」

學生們一起歡呼，紛紛衝向窗邊。

音樂老師覺得有股怒氣自胸中升起，就像昨天一樣。他很想大吼大叫，在學生面前揮舞拳頭，但是他忍住了。

❸光明節（Hanukkah）是猶太人的傳統節日，依據猶太曆來訂日期，大約是在十二月接近耶誕節時，為期八天。習俗上會點蠟燭、吃油炸食物，以紀念光明與油的奇蹟。

他慢慢走向自己的桌子，走回去的時候，他發現一件令他稍感滿意的事：哈特還坐在位子上。

梅涅特老師強迫自己坐回椅子上。他打開一本音樂教育雜誌，瀏覽一篇關於教導高中生欣賞巴哈音樂的文章。他強迫自己坐定，死盯著雜誌。

他讀了文章開頭的第一句，然後他又讀一遍，再讀第三遍。他咬著牙，感覺到下顎的肌肉愈來愈緊繃。他對自己說：「我不會大吼大叫，我不會發脾氣。學生會發現自己做錯事，會自己停止，然後我們就恢復上課。我會一直坐到每個人都回到位子上，等教室變安靜為止。」

但是教室秩序完全沒有恢復的跡象，學生們繼續待在窗邊。艾迪．基納打開了一扇窗戶，他伸出手試著抓住雪花。五秒之後，全

部的窗戶都打開了。

教室裡的學生分成小團體，開始聊天說笑。有些學生靠著折疊桌，有些則圍成一圈坐在地上。

即使梅涅特老師沒有抬起頭來，他仍然可以感覺到學生在偷瞄他。三分鐘緩慢地過去，梅涅特老師終於明白，既然他看起來不生氣，也不像一顆炸彈，學生就樂得把他當成隱形人，當他已經不存在了。每個人都享受著無所事事的樂趣。顯然，無所事事還比在合唱團練唱開心得多。

梅涅特老師平常做事情不會毫無準備。他喜歡擬定計畫、列好清單。他喜歡組織整理自己的想法，然後思考、思考，再思考。

這次不同。

可能是因為昨天發生的橡皮筋事件，或者是昨晚他太太跟他說的那些話，也可能是昨晚沒睡好，讓他整天都覺得很疲勞；更有可能是梅涅特老師已經受夠了要帶這群小鬼練唱，而大部分的人很明顯不肯合作。

一大堆不同的理由加在一起，讓梅涅特老師的腦中有個想法「啪」的閃過。他跳起來，抓起一支粉筆，開始在黑板上寫字。

學生轉頭過來看。

他寫下大大的「聖」字，但他寫得太用力又太快，把粉筆都寫斷了。梅涅特老師將斷掉的黃色粉筆丟到地上，又抓起另一支，用力在黑板上把這些字寫完。

聖誕節音樂會

十二月二十二日，晚上七點

像潑出來的油一樣，整間教室迅速漫流著一片寧靜。學生踮著腳悄悄走回位子上。梅涅特老師肩膀緊繃，依舊咬著牙，繼續寫。

六年級交響樂團——二十分鐘

六年級樂隊——二十分鐘

六年級合唱團——三十分鐘

寫完這三行字後，梅涅特老師還在最後一行的旁邊畫上三條線做強調。每次畫線時，粉筆刮過黑板的尖銳聲音，足以叫聽覺敏銳的小狗衝出教室。

接著他轉頭看著學生。每個學生都坐在位子上，眼睛盯著他。

梅涅特老師慢慢說，仔仔細細把每個字都發音清楚。「三十分鐘。這是合唱團在音樂會表演的時間。到時你們的爸媽都會來聽，祖父母也會來，說不定兄弟姊妹也都會來。這是整年度規模最大的音樂會。而現在會怎樣呢？你們猜猜看？」他慢慢舉起右手，手心朝下，手指伸直。他從左到右，用手指指著每一個學生說：「這一場聖誕節音樂會，整整三十分鐘，都是你們的。」

有人想用乾笑來緩和氣氛。

梅涅特老師轉向笑出聲音的學生說：「你覺得很好笑是嗎？那麼，就等到十二月二十二日那一天吧，等到七點半之後，你們就知道那真的很好笑。你們知道嗎？大家來音樂會不是要看我，我只是個音樂老師而已，大家是來看你們的，來聽你們唱歌，來欣賞精彩的表演。最好笑的地方來了，因為從這一刻開始，音樂會就看你們的了；是你們，不是我。這不是我的音樂會，是你們的音樂會。你們不喜歡我挑選的歌？好，你們自己選。你們不喜歡我帶練唱？沒問題，你們自己練。你們一點也不想唱歌？那麼你們就在爸媽和全校師生面前，什麼也不做的站三十分鐘好了。誰知道十二月二十二日會發生什麼事？我當然也不知道。不過現在我只知道一件事，那就是十二月二十二日晚上七點半之後，你們所有人都會站在禮堂的舞台上。至於接下來舞台上會有什麼……就由你們決定。」

梅涅特老師轉過身，看著牆上的月曆，接著抓起一支粉筆在黑板上寫著：

23天

「下星期四就是感恩節，加上今天，距離你們的音樂會一共還有二十三堂課。這次不像萬聖節音樂會那樣放學以後還要練習，前一天也不會穿著表演服裝排練。你們只剩整整二十三堂課的時間。你們現在已經學了四首歌，不過，你們當然可以不管這四首，重新選別的。現在這一切都由你們自己決定。所以呢，祝你們有個愉快的音樂會。」

梅涅特老師轉身，兩、三步就走到自己的桌子邊。他將桌子用力推往教室的右邊，桌子的四隻金屬桌腳刮著地板嘎嘎作響。他把桌子轉向面對牆壁，又走回去把椅子推過來，然後坐下，拿起他的音樂教育雜誌，繼續閱讀怎麼教學生欣賞巴哈的文章。

這一個多月以來，梅涅特老師第一次覺得暢快極了。

7 眾人的聲音

哈特坐直不動，雙手交叉在胸前，但眼睛環視整個音樂教室。他想找出蛛絲馬跡，想要提防任何危險，想等著看接下來會發生什麼事。

整間教室鴉雀無聲。梅涅特老師坐在位子上讀了四分鐘雜誌。哈特盯著老師的後腦勺，想從他的脖子和肩膀看出危險的徵兆，甚至分析起老師拿雜誌的方式。如果暴風雨再度來襲，他要及時尋找掩蔽躲藏。

哈特不相信此刻的安靜。梅涅特老師好比是龍捲風，只要幾秒鐘的時間，就可以捲起一切並將之摧毀。哈特不想讓自己身陷另一次龍捲風的風暴中，昨天的事件已經夠了。

哈特聽到他的右邊傳來一陣竊竊私語。

「我們再來該怎麼辦？」

「不知道，可能就一直坐著吧。」

「他是玩真的嗎？」

「我……我想是真的吧。」

「他說我們想做什麼就做什麼，真的嗎？」

「我不知道。現在不要講話啦！」

教室裡再度安靜。可是要是叫學生不能講話，他們就會像高漲的河水般，總有一天會衝破河堤造成氾濫。

愈來愈多人竊竊私語，集合起來的聲音就愈來愈大，變成了一片低聲的交談。

梅涅特老師依舊坐著看雜誌。他其實很想從位子上跳起來，掌控教室秩序的衝動幾乎快壓倒他了，但他還是強迫自己坐在椅子上看雜誌。

隨著低聲交談變大，有些學生會出聲制止：「噓……噓……」但是再多噓聲也無法阻止學生間的暗潮洶湧。

這時，在教室的另一邊可能有人講了個笑話，兩個學生笑出聲音來，一切就潰堤了。

教室裡的噪音指數上升之快，真是叫梅涅特老師不敢相信。因為其他人在聊天嬉笑，為了不被吵鬧聲淹沒，學生們不得不說話更大聲。有那麼一瞬間，梅涅特老師還以為所有六年級生都擠到音樂教室來了。他實在很想把椅子轉向，給學生一個最嚴厲、最具毀滅性的眼神，但他還是強迫自己坐著不動，強迫自己看雜誌。

三分鐘後，吵鬧聲已經達到震耳欲聾的地步。學生雖然沒有失控，但也差不多了。有三、四個學生開始玩起棒球，把紙揉成一團當球，用音樂課本當球棒。同時，教室另一邊有個女生手機響起，她從包包裡拿出手機，緊貼在耳朵邊，然後興奮地向十公尺外正跟她通話的同學揮揮手。有些學生又回到窗戶邊看雪。四個女生坐在地上玩起剪刀石頭布，旁邊還有三個男生在踢沙包，隨時可能會踢到她們。其他人就是在發呆、聊天或說說笑笑。

哈特並沒有離開位子。他的桌子好比是救生艇，讓他可以安全的旁觀。只有哈特身邊的四個學生仍然坐在椅子上，其中兩個開始寫作業，而另外兩個，柯琳・赫斯特和羅斯・伊斯特曼，則開始爭吵。柯琳幾乎是對著羅斯大吼，羅斯則搖頭晃腦，扮鬼臉回擊。哈特不想理他們，尤其是柯琳，她實在太霸道了。在哈特的注視下，柯琳和羅斯兩人站起來，走向梅涅特老師的桌前。

教室鬧哄哄的根本什麼都聽不見，哈特只看見柯琳向老師說了些話，老師抬起頭來看著他們，然後微微笑、點點頭、聳聳肩，之後又回到他的雜誌上。

柯琳抓著羅斯的上衣，拉著他一起走到教室前方的電子琴旁。

「各位同學！」柯琳大吼。「各位聽好！拜託，安——靜！」

教室裡稍微安靜下來，柯琳接著說：「羅斯跟我有話要說。我們剛剛問過老師，老師說如果我們願意的話，就可以當音樂會的指揮，所以讓我們開始吧，好嗎？」

潔妮・金斯頓也不怎麼想理柯琳，她站起來說：「我覺得這樣不公平，為什麼是你們來當指揮？就因為你們先去跟老師說嗎？」

接著提姆．米勒爬上桌子，扮了個愚蠢的鬼臉說：「嘿！應該是我來當頭頭吧！你們說是不是啊，各位好同學？」提姆的四個哥兒們開始鼓噪喊著：「提姆！提姆！提姆！」

羅斯舉起手想控制場面，他大吼著：「各位同學！閉嘴！安靜一下好嗎？」

提姆對他嗆聲說：「不！你才閉嘴咧！」十五秒內，有將近四十個小學生對著彼此喊閉嘴。

大家喊完後，終於安靜了一些。羅斯說：「潔妮說得對，凡事都該公平，所以請大家先回到座位上，我們來辦一場選舉，選出音樂會指揮。你們可以投給任何人，比如我、潔妮，或是柯琳。」

「喂！」提姆大喊：「那我呢？」他的哥兒們又開始鼓噪：「提

姆！提姆！」

羅斯皺起眉頭。「當然也可以投給提姆。拜託大家先坐好。獲得票數最多的人贏。」

羅斯從筆記本上撕了四、五張紙，再把它們裁成更小張的紙片，然後發給同學們。

學生變安靜的速度，跟他們剛剛變吵鬧的速度一樣快。每個人拿到一張紙片當選票，然後開始寫下人選。

哈特差點就要投給潔妮，後來他改寫羅斯。羅斯雖然有點像書呆子，但他這個人其實滿不錯的。

柯琳從教室前的架子上拿一面鈴鼓，把它倒過來放入自己的選票，然後一排一排收，直到每個人都把選票放進去。

她拿著鈴鼓到教室前的桌子，把選票倒出來。當她正準備打開選票時，有人大喊：「喂！不公平！應該找別人計票！」

然後又有個學生喊：「對啊！應該請老師才對。」整個教室裡的學生都點點頭說：「對啊！老師！」、「因為老師不會作弊！」、「應該讓老師來！」

梅涅特老師依舊讀著雜誌，搖搖頭。

柯琳走向老師說：「老師，拜託，大家都希望由您來計票。」

梅涅特老師內心其實覺得寬慰，很高興自己又重新取回教室秩序的領導權，但他並沒有表現出來。他放下雜誌，慢慢站起來，把椅子拉向放有選票的桌子旁。他坐下來開始一張一張打開，把不同名字的選票分成幾堆。教室裡現在只有紙片發出的沙沙聲。

當最後一張選票打開，所有選票也分類好後，梅涅特老師開始計算票數。他先算第一疊選票，然後又算了一次。他從包包裡拿出便利貼，將票數寫在上面，再把便利貼貼在那疊選票上。他接著計算第二疊選票，因為總共大約有七十五張選票，所以他花了快十分鐘才全部算完。

計票工作完成，梅涅特老師看著每疊選票上的數字。他把最多票的那一疊重新計算一遍，接著把第二多的那疊也重算一次。

梅涅特老師站了起來。他深吸一口氣，然後慢慢吐氣。他環視整個教室，享受這片寧靜，享受受到學生全神注視的這一刻。

他慢慢地說：「首先，我要感謝那些投票給我的同學，謝謝你們的體貼，可惜你們的票都必須作廢。我已經跟各位說過，從現在到聖誕節，我在教室裡只是一個旁觀者。因此，出於我的職責，我將宣布這次自由且公平的選舉結果。當選今年聖誕節音樂會新指揮的是……哈特・伊凡斯！」

8 新指揮

梅涅特老師宣布結果後，班上一片安靜，但只持續了一秒鐘。

「不會吧！」哈特緊抓著桌子邊緣。他搖搖頭，看著全班說：「這是開玩笑的吧？我才不會指揮什麼音樂會，我根本不在候選人名單裡啊，不可能啦！」

柯琳跳了起來，她說：「我可以當指揮喔，我知道我辦得到，而且我也能做得很好。」

梅涅特老師說：「柯琳，請坐下。」他轉向哈特，「哈特，你已經是音樂會的新指揮。我們都知道規定是什麼，羅斯說過可以投給任何人，大家都聽到了，而你也沒有抗議，所以你跟其他人一樣，都要遵守這條規定。再說，你也投票了，不是嗎？」

哈特無法反駁。「這……我……對啊，我投票了，可是我不想被選上啊。」哈特指著柯琳和羅斯說：「應該是他們兩個其中一個來當，是他們發起的。」

梅涅特老師聳聳肩。「來不及了，他們都落選了，當選的人是你，事情就是這樣。」他把椅子從放選票的桌子旁拉回自己的書桌前，「祝你們有個愉快的音樂會。」說完，梅涅特老師坐下，再度翻開雜誌閱讀。

哈特根本不知道該怎麼辦。現在所有的同學都盯著他看，令他手足無措。

柯琳衝過去，站在他前面。「那你現在要我們怎麼做？老師說的很清楚，現在只剩二十三天，我們應該開始準備練習了。」

哈特抬起頭來看著她，柯琳手叉腰說：「所以呢？我們現在要做什麼？」

哈特回答：「你聽過那首《我是一把小茶壺》嗎？你要不要現在走到教室前，對著大家唱這首歌？從這首歌開始應該還不賴。」

哈特消遣柯琳的這些話，引起了哄堂大笑，接著全班開始竊竊私語。

柯琳對他擺個臭臉。「你覺得你很幽默嗎？說真的，你到底要怎麼做？我們應該開始練習了。」

哈特當作沒聽見，他站了起來。在等待同學安靜下來的這段時間裡，哈特心想：「如果老師是玩真的，他要強迫我當指揮，那我就奉陪到底好了。」

哈特開口說：「好啦，各位同學。我以合唱團新指揮的身分宣布，這節課是自由活動時間。還有，明天也是自由活動時間。從現在起，合唱團時間就是自由活動時間。」說完，哈特坐下。

教室裡馬上爆出一陣歡呼。「耶！」、「讚啊！」、「帥呆了！棒極啦！」、「超酷！」

柯琳還站在哈特面前，這時她露出驚訝的表情說：「你真的很幼稚耶！」她氣呼呼地轉身回座位上。

不到一分鐘，整間教室變得跟選舉前一樣吵鬧。

雖然梅涅特老師坐著看雜誌，但他什麼都聽到了，他又再一次用盡他的意志力強迫自己不要跳起來。他實在很想用兇惡的眼神掃視全班，他真的很想大吼一聲「安靜！」好讓教室恢復秩序，但他又想到：「不，我不能爆發，我不能再氣沖沖地發飆爆炸，像個發狂的笨蛋一樣。我會等，我會等到他們自己也受不了吵鬧聲和混亂的秩序為止。自由時間？哈！沒有人能一直忍受亂七八糟的狀態，即使是六年級也一樣。可能需要花上一、兩天的時間吧，到時候他們就會受不了。哈特跟他的支持者都覺得合唱團是個笑話，哼，真正的笑話是他們自己！」

他一邊想著，一邊忍住不要笑出來。他是真的很想大笑三聲。哈特・伊凡斯，那個橡皮筋小鬼，他現在要帶領合唱團，要指揮一場音樂會！真是太完美了。

梅涅特老師知道自己這樣想很小家子氣又不成熟，他也知道這實在很不專業。可是當下他一點都不在乎，他等著看好戲。很快的，哈特和其他人就會來拜託他，懇求他回來帶合唱團和指導音樂會。到時等他們跪求哀號得夠久，他再假裝自己慢慢心軟。這實在是太好玩啦！

這個想法只有一個小問題存在，那就是：梅涅特老師其實沒有自己想像的那麼了解哈特・伊凡斯。

事實上，沒有人夠了解哈特・伊凡斯，即使哈特本人也一樣。

課後留校

「帕瑪小學您好，我是秘書胡德，您可以稍等一下嗎？」

快三點了，走廊已經安靜下來，但是教師辦公室裡還是鬧哄哄的。家長們來這裡留言，或是接小孩回家，還有老師一批一批地來來去去。護士因為一個小女生膝蓋受傷而忙進忙出，秘書也因為三通電話而忙得團團轉。

哈特百般不願地來到櫃台前等著。

秘書小姐用手蓋住話筒，揚起了她的眉毛問說：「什麼事？」

哈特用蚊子般的聲音說：「嗯……我被罰課後留校。」

胡德小姐搖搖頭。「小朋友，大聲一點。」

「課後留校！」哈特說，他的臉已經整個紅了，「我來接受課後留校的處罰。」

她把記事板和一支筆推到哈特面前。在哈特寫完名字和報到時間後，胡德小姐用她塗著紅色指甲油的手指比了一下長椅。

哈特坐下來，從書包裡拿出一本小說，翻到夾有書籤的地方，背靠著牆壁讀了起來。這一瞬間，吵鬧的辦公室和學校都被他拋到腦後。

當卡森發現事情不對勁的時候，已經太遲了。先是悶悶的爆破聲，然後是煞車時輪胎發出的尖銳刺耳聲。他嘗試著控制暴衝晃動的小車。左邊的擋泥板刮著隧道牆壁，擋風玻璃前閃出一大片火花，幾乎擋住全部的視線。太快了！太快了！他試著踩煞車踏板，卻毫無作用。卡森想盡辦法拉住方向盤，試著不讓車子迎面撞上急駛而來的卡車，但一切都是枉然。車子彷彿被一隻巨人的手控制住……

「哎呀，這不是伊凡斯同學嗎？」

哈特從書上抬起頭，有點錯愕。梅涅特老師正站在他前面，微笑著。「你看起來挺輕鬆的，我以為你會為了你的超級音樂會忙到瘋掉呢。過去我的腦子總是被許多責任給佔據，所以我經常感到焦慮、緊繃。不過今年呢，我想我可以好好享受聖誕假期了。」

梅涅特老師說完便轉身走向教師信箱。他從信箱裡拿出一疊信件。他一邊將信做分類，一邊哼著聖誕歌曲《雪人弗斯特》。

哈特試著回到小說情節上，但是梅涅特老師的哼唱讓他無法專心，也讓他惱火。眼前這個人正站在信箱前，慢條斯理地整理每一封信、每一張便條紙、每一張留言。

好不容易，音樂老師終於準備離開，當他轉身走向門口前，還對著哈特微微一笑說：「我很期待明天的合唱團時間喔。」

梅涅特老師的微笑和語調，讓哈特想起了妹妹莎拉，而結尾的這句話，更讓他覺得心頭被插上一刀。

哈特不知哪來的膽子，對一個正在接受課後留校處分的小學生來說，這是個非常危險的舉動。他回敬梅涅特老師一個微笑，然後說：「合唱團時間？喔，老師，你是指自由活動時間吧？我也很期待自由活動時間呢。」

梅涅特老師愣了一下。他走到哈特面前。「哈特，那個自由活動時間的主意並不好。」

哈特鐵定是吃了熊心豹子膽。他回說：「這個嘛……我當新指揮的事，這個主意也不好，應該由其他人來當才對。」哈特停了一秒，繼續說：「應該是你來當才對，你才是真正的指揮。」

梅涅特老師突然覺得這樣的對話感覺挺不賴的。他對哈特說：「這樣吧，如果你明天能夠說服全班同學應該還是由我指揮音樂會的話，那我們就回到原來的練習。你就跟同學說，當指揮對一個學生來說負擔太重，這個理由應該夠了。當然，他們可能還是想要自由活動時間，不過這得由你來處理。這樣公平嗎？」

哈特點點頭說：「公平。」這個脫身之術聽起來還不錯。哈特說：「我明天就會這樣做。」

「很好，」梅涅特老師說：「那就明天見囉。」接著他離開了辦公室。

哈特聽到老師一邊走，一邊還在哼唱著：「用聖誕樹裝飾大廳吧，啦啦啦啦，啦啦啦啦……」

哈特覺得鬆了一口氣，但是不像梅涅特老師那樣喜孜孜的。哈特還得繼續接受課後留校的處罰。

他把小說拿開，手肘靠在膝蓋上，雙手托著下巴。他盯著地毯上的綠色和咖啡色斑點，一直想，一直想。他愈想，就愈覺得讓梅涅特老師重掌音樂會才是對的，其他方法只會讓情況愈弄愈糟，或許他又會被罰課後留校也說不定。

但是那個心頭被插上一刀的感覺，始終揮之不去。說不定梅涅特老師只是在整他而已。可是，有這個必要嗎？哈特實在想不透。

至於合唱團時間會回復正常練唱，這個交換條件倒是不錯。哪只是不錯而已，簡直是棒呆了。哈特很清楚自己一點也不想指揮音樂會，完全不想，根本連想都沒想過。他寧願躲在後排，像以前一樣對嘴矇混過去就好。

只要他明天站在教室前跟全班同學說，叫他指揮音樂會是不可能的任務，然後再請梅涅特老師回來指揮就可以了。這個劇本還不賴，他知道自己有能力說服同學。但哈特還是覺得哪裡不對勁，他的思緒不停轉啊轉。

他想起今天在音樂教室，當他說應該讓柯琳或羅斯當指揮時，梅涅特老師說的話。他說：「他們都落選了，當選的人是你。」

哈特想著這句話，想著自己當選的這件事。他根本連票都沒拜過一張，就高票當選了。「為什麼同學要選我？因為大家喜歡我，就是這麼簡單。」哈特一直都知道自己的人緣好，而這次選舉更印證了這個想法。這讓他心情超棒的。

哈特又想：「但這同時也是整人遊戲，大家一定覺得讓我當指揮會很好笑，尤其是橡皮筋事件之後，大家一定是這樣想的。」

哈特笑了笑，點點頭，是很好笑沒錯。

突然，他在長椅上挺直腰桿，因為速度太快，後腦勺差點撞到牆壁。他心想：「梅涅特老師……他也覺得好笑！先叫我當指揮，然後要我站在全班面前說我辦不到，他一定覺得這樣最可笑！他想讓我在全班面前出糗，這樣他就可以在一旁哈哈大笑，他一定整堂課從頭笑到尾！」

哈特坐在長椅上，瞪大雙眼直視前方，他緩緩地點頭。他的表情變得很嚴肅，胡德小姐瞥見時還嚇了一跳，站起來問他說：「哈特，你還好吧？」

被她這麼一問，哈特反而吃驚地愣了幾秒。「我？」

胡德小姐說：「是啊，你還好吧？」

哈特點點頭，勉強擠出一個笑容說：「我好得不得了。」

10 天生英才

到了星期五中午，梅涅特老師一如往常請同學坐好點名。接著他說：「哈特，接下來交給你了。」

提姆・米勒馬上歡呼：「耶！自由活動時間到囉！」

在更多歡呼聲爆出來前，哈特站起來說：「各位同學，請等一下。請聽我說……」

教室裡鴉雀無聲。因為哈特的一句話，全班居然在一瞬間安靜了下來，不只哈特自己感到吃驚，梅涅特老師也非常訝異。

哈特呆了一、兩秒，臉開始變紅。接著他調整一下呼吸，再度開口：「我……我知道……你們也知道，我當選了新的指揮，我想這件事應該是個玩笑啦，而且還滿好笑的。」提姆搖搖頭，然後誇張地大笑幾聲：「呵、呵、呵！哈、哈、哈！」其他同學也跟著笑了起來，但是當哈特舉起手，每個人又都安靜下來。

哈特再一次為自己的影響力感到吃驚。同時覺得吃驚的還有梅涅特老師。

哈特說：「好笑歸好笑，可是音樂會還是要舉辦。也就是說，我們是真的要在禮堂裡，站在大家的面前很長一段時間……然後做點什麼表演。」

「嘿！」提姆說：「我可以跳舞啊！看！」接著他從位子上跳起來，開始扭腰擺臂，手舞足蹈。

哈特忍不住笑了，他點點頭說：「對啊，可是你能一個人在舞台上連續跳半個小時嗎？更別說你奶奶還在台下看呢。」這句話引來全班哄堂大笑，提姆於是下台一鞠躬，回到位子上坐好。

哈特接著說：「我昨天想了一整晚，覺得我們還是不要變成自由活動時間比較好，因為要辦一場音樂會並不容易。」

提姆跟他幾個哥兒們開始鼓噪：「喂！搞什麼啊！」、「對啊，搞什麼啦！」不過，大部分學生都靜靜聽著哈特說，並點頭支持他的想法。

梅涅特老師也聽著，這是他期待已久的關鍵時刻。

哈特說：「所以我想問老師一個問題，一個很重要的問題。」

梅涅特老師站了起來，面向哈特。音樂老師小心翼翼地控制表情，盡量保持自然。因為等一下被問到要不要回來指揮合唱團時，他不希望自己看起來一副樂翻天的樣子，而且他還得裝出是第一次聽到、大吃一驚的模樣。

哈特清清喉嚨，全班靜得像定格畫面，一動也不動。哈特說：「老師，你說過合唱團表演的內容由我們決定，對不對？」梅涅特老師點點頭，哈特繼續說：「所以我想問，如果合唱團表演的時間超過三十分鐘以上，我們會不會被罵啊？因為我的腦中有一大堆超酷超炫的點子，可是三十分鐘可能會不夠。」

在梅涅特老師開口前，艾迪・基納問說：「什麼點子啊？」

「對啊，」柯琳附和，「你是指服裝方面嗎？還是舞台布置？像是裝飾些雪花和星星嗎？因為我也在想音樂會要怎麼做。」

哈特點點頭，從背包裡拿出一個記事板。「沒錯，要有超酷的服裝，還有像是個人打鼓秀之類的表演，或者是和觀眾一起唱卡拉

OK，甚至找個人出來模仿貓王扮聖誕老人。」

「我！」提姆大叫：「我！我模仿貓王超像的！」他又開始站起來跳舞。

吉娜揮舞著雙手。「哈特！哈特！我家有兩件我阿姨做的光明節陀螺道具服，就是穿上去會變成陀螺的樣子，然後轉啊轉，轉到頭暈跌倒，可是不會受傷，因為外面有軟軟的填充物保護。那個真的很好玩喔，你覺得我們可以用它嗎？」

「當然，聽起來很棒！」哈特說：「我們可以做一大堆事！」

教室裡開始出現討論的聲音，有六到七個學生試著吸引哈特的注意，但他舉起手，面向梅涅特老師，全班又再度靜了下來。「老師你覺得呢？我們可以讓表演時間長一點嗎？」

梅涅特老師正苦於無法控制表情，他的臉就是不聽話。他的嘴

角在動，看起來是在笑，但是眼睛不配合，聲音也好不到哪裡去。他用低吼的聲音回答：「這……拖太久不好。」

「可是大家是來看『我們』的啊，對不對？」哈特問。「就像老師之前說的。」

梅涅特老師微微地點個頭。

「所以，」哈特說：「也就是說不要拖太久就可以，對不對？」

梅涅特老師現在的表情已經完全失控了，他根本就笑不出來。

「是……應該可以。」

「太棒了！」哈特轉向同學說：「所以我們現在要認真辦場音樂會，好嗎？柯琳，你可不可以當舞台總監？我知道你一定能做得很好。」柯琳微笑點點頭，哈特繼續說：「你看要不要找幾個同學組成小組，一起討論場地布置還有服裝？因為我們想做什麼就做什麼，可以不用像一般音樂會，然後下週一我們再來討論這些點子。對了，誰家裡有那種卡拉OK的電腦軟體？」

安和李都舉起手。哈特點點頭說：「好……週末的時候，你們在家裡找看看裡面有沒有聖誕歌曲，因為跟觀眾一起唱歌會很好玩喔。還有，請大家聽我說，我們應該唱幾首一般常聽到的聖誕歌曲，因為我們是合唱團嘛，所以每個人都要挑幾首歌，到星期一的時候，我們把全部的歌名寫在黑板上，再來決定要唱哪幾首。如果有人想要獨唱，那也很好……不過不用勉強啦。那麼現在，有誰知道要怎麼彈奏樂器嗎？」

梅涅特老師已經完全被晾在一邊了，他默默走回自己的位子坐下。他試著裝作沒興趣的樣子，但其實很想聽。他也試著裝出內心沒有受傷的模樣，但其實已經倍受打擊了，而且，他現在仍然無法控制自己的表情。

除了表情之外，他的腦子也不停轉啊轉，他實在無法相信自己看到的一切。才四分鐘！哈特・伊凡斯才花四分鐘，就讓全班對一起辨音樂會感到鬥志高昂。不只是那樣而已，每個學生都為了額外多做的事感到真心歡喜。

梅涅特老師用眼角餘光看到哈特跑向羅斯。他聽到哈特用中氣十足的聲音說：「嘿！星期一的時候，你能不能負責選歌的工作？我可以信賴你吧？」羅斯笑著點點頭。能被哈特欽點來擔任這麼重要的工作，羅斯倍感光榮。

「真是不簡單！」梅涅特老師的腦海閃過這句話。「這小子已經能讓柯琳和羅斯為他效命，實在不簡單！而且，他還讓提姆安靜下來，雖然提姆一樣瘋瘋癲癲的，但至少能好好坐下來聽人說話！

真的是太驚人了！」

彷彿在證明這一點似的，提姆正氣喘吁吁地跑到梅涅特老師桌子旁，一邊跳來跳去，一邊說：「老師！老師！你知道貓王唱歌的樣子吧，他好像都會翹著上面的嘴唇在唱，對不對？是不是就像這樣？」提姆的臉扭成一團，看起來很可笑。

梅涅特老師笑一笑，點頭說：「差不多了。你週末去租貓王的電影來看，比如說《藍色夏威夷》，看完後就會模仿得更像。」

「酷！」提姆說完又開始團團轉，還假裝彈起吉他。

接下來的三十五分鐘，教室並未陷入混亂。學生們分成幾個小組，有些人坐在地上，有些人圍在桌子前，有些人把桌子拉到角落邊。他們在教室裡大聲討論，在教室裡走動，有些人爭執、吼叫，但也同時充滿笑聲。教室鬧哄哄，但這些聲音都具有意義和目的。

不論梅涅特老師何時抬起頭來，哈特一直都是教室裡的焦點。他拿著記事板在每個小組間遊走、做筆記、說笑話、交朋友，讓合唱團的成員齊心一致。而且，他一直面帶笑容。

哈特可以輕鬆地控制表情，這對他來說易如反掌。

11 百感交集

星期五下午三點十五分，梅涅特老師一個人坐在音樂教室裡。他整個人陷在椅子中，盯著牆壁，想起前天晚上太太跟他說的話，他現在完全同意。他想辭職，馬上走人！

「喔，對喔，」他想著：「我還真是個偉大的老師哩！我到底在想什麼啊？根本就是在耍帥嘛！還說什麼『各位同學，現在開始音樂會由你們決定。』哈特對我下戰帖，讓同學們團結一心，弄得有模有樣的，而我又做了什麼？我氣瘋了，我內心受創躲在角落，像個嬰兒一樣。我真是沒用、真失敗……我……我還是走好了。」

同一時間，哈特獨自坐在教師辦公室的長椅上，他正試著釐清心裡的感覺。一方面，哈特想為自己今天在合唱時間的表現叫好歡呼。他的計畫圓滿達成。梅涅特老師本來期待重回指揮的位子，但是哈特沒有順他的意。梅涅特老師也知道哈特是故意的。當他冷不防地問梅涅特老師音樂會時間要加長時，老師那個表情可是千金也買不到的，而且老師還想掩飾呢！不過，藏都藏不住，在場的人全看得出他有多麼生氣。

但是另一方面，在老師生氣的表情外，哈特還看到了老師在掩飾之前快速閃過的其他表情。他眼裡有著失落，還有受傷。這實在無法讓人覺得爽快。

「不過，」哈特對自己說：「這是老師自作自受。他想整我，我不過是整回去罷了，只是我比較高明，如此而已。如果他感到生氣，這個嘛……我只能說很遺憾。」

哈特試著不要再想，開始寫數學作業，但他就是沒辦法不想。

十分鐘後，梅涅特老師穿上外套，抓起公事包，從桌上拿起一疊信件，鎖上音樂教室的門，走向教師辦公室。

梅涅特老師才剛推開辦公室的門，就看見哈特坐在時鐘下的長椅上。他停止推門的動作，急忙轉身，快速走向穿堂，往停車場前進。他把信件塞進大衣口袋中，信等一下再處理就好，他今天不想再看到哈特・伊凡斯了。

在他幾乎快走到大門時，聽到一聲：「嘿！梅涅特老師！」

是哈特。

梅涅特老師轉過身，裝出吃驚的樣子說：「喔，是你啊！我在趕時間，下星期一再談好嗎？」

哈特小跑步到穿堂，跑到老師面前。哈特盡可能保持笑容，即使他現在有點喘。他還故意表現得比平常更喘的樣子，搧搧自己的臉，好拖延時間。因為哈特不太確定要跟老師說什麼，可是他覺得一定要跟老師說點話，什麼都好，所以他開口了。

「呃……我只是要說……那個……今天在合唱團時間，我知道我沒照昨天說好的那樣做，我想你應該生氣了，真的很抱歉。我那樣做應該會……會讓你生氣。」哈特頓了一下，深吸一口氣好繼續說，他的嘴巴難得動得比心思慢。「但是……但是如果我今天讓你生氣了……那表示你不只是有一點想指揮，對不對？我的意思是，你會生氣是因為……你還是非常想指揮音樂會，對不對？」

梅涅特老師一點都不想繼續這個話題，也不想回答哈特的問題。他真的很想掉頭轉身，走出大門。

不過他沒有迴避。梅涅特老師遵守了他這一生所奉行的原則：說實話。

他微微點頭。「是的，哈特，你說的沒錯，我很希望能夠指揮音樂會。」

哈特說：「真的嗎？」他很快想了一下，接著說：「這……這真是太好了！我好高興聽你這麼說！因為我想，我們這群學生可以辦場不一樣的音樂會，但是我真的不太懂音樂。我們之間沒有人像你那麼懂音樂，所以……所以如果我們遇到困難，尤其是音樂方面的困難，你能幫助我們嗎？我是說，我可以信賴你嗎？」

梅涅特老師記起了今天稍早在合唱團時間時，哈特對羅斯說的話。他心想：「哈特・伊凡斯居然邀請我加入他的團隊，就像他招募羅斯那樣！」音樂老師目瞪口呆地愣在原地，眼前這個小孩的沉著與膽識，讓他感到驚訝不已。

不過，這個邀請聽起來非常真誠，所以他也給了哈特一個真誠的回答：「好的。」梅涅特老師說：「沒問題，你可以信賴我。」

哈特微笑著伸出手，在半秒鐘的遲疑後，梅涅特老師握住他的手。梅涅特老師對哈特手中傳達出的活力與誠懇感到訝異。

「真是太棒了！」哈特說：「那……我要回去繼續課後留校了。下星期一見囉。」

梅涅特老師點點頭，轉身走出大門，往他的車子方向前進。

他深深吸了一口十一月的冷冽空氣，擠出一絲笑容。就像今天稍早一樣，他的腦海裡蹦出這句話：「真是不簡單！」

12 從高處俯瞰

音樂教室不是帕瑪小學裡唯一因為新活動而熱鬧滾滾的地方。十一月十八日星期四下午一點半，哈特被選為新指揮。同一天下午三點半，李察斯校長接到一通電話。

「李察斯校長嗎？」

「我就是。」

「我是梅蘭妮・貝克，我是凱倫・貝克的母親，她是合唱團的成員。今天放學後，我聽凱倫說，有個男生叫……哈特吧？還是巴特？總之，有個男生被選為合唱團的新指揮。她還說音樂老師在教室裡根本就不管學生，請問您有聽說過這件事嗎？」

校長其實並不知情，但是他沒這樣說。校長回答：「梅涅特老師是合唱團的指揮，他是一位優秀的老師。我知道合唱團最近為了聖誕節音樂會正在辛苦練習，而且如果梅涅特老師要求學生自己策劃音樂會的話，教室應該會比平日更加吵鬧才對。令嬡是否因此而感到不愉快呢？」

貝克太太大笑著說：「不愉快？你是說凱倫嗎？如果她知道我打電話給您，她不瘋掉才怪呢。這孩子覺得非常刺激新鮮，她跟我說，她明天要帶 CD 隨身聽跟外接小喇叭出門，這樣她跟朋友就可以練舞了。擔心的人是我，我覺得整件事聽起來有點失控。」

校長向貝克太太保證，帕瑪小學在任何時間、任何地方都不會失控，而且他會密切注意合唱團的動向。

貝克太太說再見之前，已經有第二通電話在線上等了。

「嗨，李察斯校長，我是莫琳・肯道。如果可以的話，我希望幫我兒子湯瑪斯調課。我希望午餐後改成自修時間，比如說到圖書館讀書可以嗎？他現在下午第一堂是合唱團，但根據他所描述的上課狀況，我想他最好有一堂可以安靜讀書的課。」

校長解釋在學期中調課是不可能的，然後他向肯道太太保證，對湯瑪斯來說，合唱團最適合他，而且教室裡任何狀況都只是暫時的現象。

在他下班離開學校前，校長已經和另外兩位家長通過電話，內容都是關於六年級合唱團。

李察斯校長不是個愛管閒事的人，但他有責任監督學生的學習品質與維護學生的日常安全。如果音樂教室或任何一間教室有問題發生的話，他都必須去了解清楚才行。所以，他決定隔天悄悄地去調查情況。

星期五午餐之後，李察斯校長不像以往直接從餐廳走回辦公室，而是穿過遊戲區走到戶外，再從禮堂第一道門進入，走過穿堂、視聽中心，進入禮堂，穿過舞台，開了後門走到另一邊。他朝著音樂教室的方向前進。

在他轉進長長的走廊時，就聽到教室傳來的聲音，這吵鬧聲隨著他的腳步接近愈來愈大。教室的門關著，校長從門上玻璃往內一瞧，看來情況不妙。學生坐在地上圍成一圈，桌椅也沒有排好，而是依小組聚集，散布各處。教室裡的吵鬧聲遠超出可承受的範圍。有個男生在教室裡跑來跑去，假裝自己在彈吉他，而梅涅特老師在一團混亂的中央，靜靜坐在位子上看書。這樣不對，完全不對。

李察斯校長把手放到門把上，這時他的眼光剛好停在哈特身上。這孩子有一半被遮住，蹲在一群坐在地上的女孩旁邊。哈特對一個正在講話的女孩點點頭，接著他在其他人發表意見時，注視著每一個同學的臉，然後認真地在記事板上寫筆記。

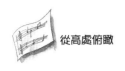

接著，哈特站了起來，走到正在爭論的三個男孩那邊。他聽了一會兒，然後說了些話。男孩們聽著，點點頭，哈特記了一些筆記後，前往其他小組。

李察斯校長明白自己看到的情況是什麼。在他的職業生涯裡有大部分的時間，他都在運用這種工作型態。這是小組分工，而哈特・伊凡斯顯然就是領導整合的人。沒錯，教室裡的確很吵，而且也該有人來管管那個在教室亂跑的男孩，但情況並不危險，也沒有失控。他會再繼續觀察，今天就到此為止吧。

李察斯校長慢慢踱回校長室，他很高興自己是個心胸寬大，而且充滿彈性的教育家。他心想：「誰會怕這一點小小的混亂？我不怕。教育就是一種實驗，這是讓教育工作充滿刺激的原因。」

但在樂觀看待的背後，同時有個想法在校長耳邊低語：「那個梅涅特啊，他是挺有創意的，但也許太情緒化了些。希望他知道自己在做什麼。」

13 一帆風順

在意外當選並成功邀請梅涅特老師加入團隊之後，哈特做為新指揮的前七堂課可說是非常令人振奮。合唱團已經不再是「六年級合唱團」了，而是「哈特指揮合唱團」。不再有無止盡的練唱，也沒有無理的要求。基本上這七堂課中，根本就不用唱歌。合唱團變得很酷，音樂會上的發表將證明這點，到時候會看到超炫、令人讚嘆、精彩萬分，還很好玩的音樂會。

哈特鼓勵大家想像空間要大，思考要自由自在、不受拘束。他

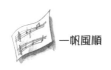

也鼓勵大家要勇於突破，這次的聖誕節音樂會將是獨一無二、一生一次、前所未有的。他對同學說，我們辦得到，而同學們也都相信他。哈特是一位無懼的船長，帶領這艘船航向未知的海洋。晴空萬里，微風徐徐，輕柔的海浪將他們推向令人興奮期待的水平線，現在正是順風滿帆的美好航行。在哈特的指揮下，各種點子像高漲的浪潮一波接一波，而且他們熱烈歡迎每個點子上船。

當吉姆・巴克向哈特說明他打算把整個禮堂都重新布置一遍的時候，哈特邊微笑邊點頭。吉姆用電腦設計出整個示意圖，禮堂中間有一個舞台，延伸出三條走道，觀眾將圍著舞台而坐，燈光會從四面八方打進來，就像電視節目裡的才藝表演舞台一樣。吉姆發現目前只有一個問題：禮堂裡的椅子都固定在地板上，不能移動。於是哈特叫吉姆繼續思考。

麗莎．摩頓向哈特提出，她想要像小飛俠彼得潘那樣吊著鋼絲飛來飛去，只不過她要打扮成天使或聖誕小精靈，或者是有手有腳的小雪花。哈特邊微笑邊點頭。他快速地幫麗莎上網搜尋資料，發現吊鋼絲飛行的表演得花上一萬兩千美元，而且還不包含保意外險的費用。麗莎說她會跟爸爸商量錢的事。

當奧麗薇亞．藍伯特和夏儂．羅達向哈特敘述她們的舞蹈表演時，哈特邊微笑邊點頭。她們是六年級女生裡面最漂亮的兩個，她們一起上芭蕾舞課，這次她們想表演芭蕾舞劇《胡桃鉗》裡的「蘆笛之舞」❹。她們自己有現成的舞衣，如果六年級交響樂團沒辦法及時練好這段曲子，她們也有CD音響和超大喇叭可以派上用場，

---

❹「蘆笛之舞」是芭蕾舞劇《胡桃鉗》（*The Nutcracker*）中的一段舞蹈。《胡桃鉗》的故事情節發生於聖誕節，所以此劇在聖誕節期間特別受人喜愛。

而且夏儂的媽媽願意幫忙播放音樂。哈特感覺好像浪費了不少時間，但是他喜歡夏儂一直對他微笑，所以他也微笑著，頭點個不停。

每天都有同學跟他分享新點子，每一則都很有意思，也很有創意。同學甚至會打電話到他家問他的意見。潔思敏・羅伊斯準備了一套體操表演，配上《冬季仙境》這首曲子。有三個男生要穿玩偶裝表演《花栗鼠之歌》。有五個女生想打扮成男孩團體，表演嘻哈版的《紅鼻子的麋鹿魯道夫》。哈特船長總是一邊微笑一邊點頭，並且仔細地記錄在航海日誌上。他保證會好好思考每個方案。

哈特很慶幸有柯琳在船上當副手。她是一個實際、不會瞎搞的人，她與場地布置小組的工作已經上了軌道，對於場地布置有很不錯的想法，不會搞得很複雜、而且很容易執行。整個會場到時會掛滿星星和彩帶，有金、銀、藍、白、紅、綠等顏色。幾百個星星、幾百條彩帶將懸掛在布幕上，從天花板垂吊下來，裝飾在每個入口，甚至蓋滿整片牆壁。場地布置小組已經畫好草圖、擬定計畫、列好材料清單，還訂好了進度表，一切看起來都非常棒。

柯琳的小組裡有個女生叫愛麗森・金，她曾看過一個介紹法國「太陽馬戲團」的電視節目。愛麗森很喜歡太陽馬戲團的服裝，這給了她許多靈感。愛麗森想出來的點子有些十分奇怪，有些服裝根本做不出來，但柯琳和其他成員都很喜歡她提出的一個想法：合唱團的每個人都要戴一頂特製帽子出場。這頂帽子的頭飾是用一條長長的曬衣架鐵絲做成，鐵絲從帽子後面穿出來，往前彎成一個弧度，最前端會掛著一個閃亮的星星。當合唱團進場時，每個男生女生都會跟著屬於自己的星星進場。

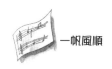

愛麗森和她的夥伴還為音樂會取了一個特別的名字：冬之望。

哈特看著羅斯和兩名助手在航海的前幾天，在黑板上仔細寫下每首聖誕歌曲的提案。這份歌單又多又長，羅斯還得寫上三個大字「不要擦」，以免工友伯伯晚上把黑板上的字擦掉。

這份歌單裡有經典的《聖誕鈴聲》、《白色聖誕》和《聖誕老人來了》，也有猶太教的光明節歌曲如：《我有一個小陀螺》和《平安，孩子們！》。還有新的流行歌曲像是《搖擺聖誕樹》和西班牙文歌《聖誕快樂》。當然也沒漏掉傳統的聖歌，像是《平安夜》和《聖誕佳音》。希瑟・帕克和珍妮・李在黑板上寫了幾句韓文，因為她們想來個韓語聖誕歌曲二重唱。

過了三天，哈特對羅斯說：「羅斯，這份歌單愈來愈長了。」

羅斯驕傲地笑著。「是啊，很棒對不對？已經超過八十首歌

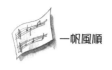

了，而且我們還沒寫完咧！」

哈特想提醒羅斯，一場音樂會裡只能表演六、七首，最多八首歌，但是身為一個好船長，他知道該對屬下說什麼。於是哈特拍拍羅斯的肩膀說：「做得好！做得太好了！」

當提姆・米勒開始將各個動作整合起來時，哈特也是一邊微笑一邊點頭。提姆花了很多時間思考，模仿貓王扮聖誕老人時到底要不要戴假鬍子？有時候他想戴，有時候又覺得不戴比較好。

哈特也對梅涅特老師微笑點頭，只要他剛好看到老師的話。大部分時間哈特都很忙，不過梅涅特老師現在已經不覺得自己被晾在一邊了。他看得出來哈特全心投入領導者的角色，他並不介意。現在，梅涅特老師對於旁觀者這個角色感到滿足。

他看著哈特船長起錨，看著這段旅程啟航。跟哈特一樣，梅涅特老師在旅程的前幾天過得很愉快。他覺得自己像個隱形偷渡客，不管是坐在書桌前，或是在教室裡走動，學生都當他不存在。學生甚至也不太在乎他是否聽到討論的內容。身為教師，他必須觀察和聆聽每件事，他很喜歡學生散發出來的活力與熱情。雖然教室裡總是靜不下來，但也絕不會瘋狂失控。

對梅涅特老師來說，這也在他心裡注入了一股活水。他很關心，也在學習。自從當了音樂老師後，他覺得這是第一次看到孩子們露出真正的面貌。

當實習老師的經歷依然讓他記憶猶新。他被丟進一間有一大群七年級學生的教室裡。當時的他有點太和善又太怯場，學生一發現他是隻菜鳥，就故意不服從他的指導。學生們在教室裡大鬧了十五分鐘，雖然只有十五分鐘，卻像是十小時一樣長，後來他們原本的音樂老師衝回來，才讓教室的秩序恢復。從那時候開始，梅涅特老師就很怕無法掌控教室的秩序。

這就是為什麼梅涅特老師上課時總是要先精準計算，尤其是帶合唱團，因為學生的人數太多了。梅涅特老師總是把每一堂課的每一秒時間都安排妥當。他指揮所有的活動，把學生從一個學習階段引導到下一個，中間不能有空檔，沒有休息時間，也不能偷懶。他總是能夠完成許多事，但更重要的是，他要一直主導大局。

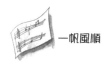

「哈特指揮合唱團」就不是這樣運作了。是哈特主導一切嗎？看起來不像。哈特好像在掌舵，但讓風灌滿風帆的是其他學生。不管吹來的風有多麼強勁，他似乎一點也不怕。

從旁看著學生自己做事，也讓梅涅特老師重新思考音樂會的意義。他總是認為學校的音樂會要像打磨光亮的寶石一般，呈現半小時的井然有序與完美演出，不能虎頭蛇尾，不能存有一絲僥倖。是誰要負責每一個小細節？答案很簡單，就是合唱團指揮──大衛・梅涅特老師。音樂會曾經是「他的」音樂會。他總是覺得過去的合唱團老師、校長，或是高中時的音樂老師會在附近出現，彷彿觀眾席中一直都有個人在監視他，評論他。

在他心裡的那個大問題總是沒變：我要怎麼控制這群毛躁的小鬼，好讓他們乖乖為我演出這場音樂會？

但哈特・伊凡斯似乎有著非常不同的想法，如果他真的有好好想過的話。即將在十二月二十二日到來的不是音樂會，反而比較像一場大型活動。

梅涅特老師沒有忘記他對哈特承諾過：「你可以信賴我。」即使哈特目前還沒有向他拜託任何事，梅涅特老師已經準備好隨時伸出援手。他穩住這艘船的方法，只是當這間音樂教室裡唯一的大人而已。梅涅特老師已經向李察斯校長報告過由學生來主導音樂會的事，他很驚訝校長居然接受了，甚至還表示讚許。梅涅特老師於是了解到，自己在這個過程中扮演了一個重要的角色。

沒錯，哈特是擁有許多與生俱來的能力，不過在觀察七堂課之後，梅涅特老師覺得過不了多久，哈特就會來跟他求救了。

14 叛變

在剛開始的七堂課，對於身為新當選的指揮，哈特充滿信心。不管是對自己，或是生活整體，甚至是學校，每件事對哈特來說都充滿樂趣。生活裡只有一個「好」字可以形容，通通都很好。

首先，哈特的好人緣提升到一個新境界。現在帕瑪小學所有的學生都認識他也崇拜他，不只侷限在過去的小學同學。他愈來愈出名。因為他在音樂教室裡策劃超酷的活動，這件事情非常有意思！在這七堂課中，每個人都像在參加狂歡派對。有何不可？這是個大型又創意十足的免費園遊會，想做什麼就做什麼，夢想愈大愈好。如果你問哈特的意見，猜猜他會怎麼說？他會說「讚！」或「放手去做吧！」或「聽起來超棒的！」

消息迅速傳開，全校的男生都覺得哈特很酷，而女生都覺得他很討人喜歡。

哈特快活極了，但是他心裡知道不可能永遠持續這個狀態。每件事都太模糊、太鬆散，總是有點失焦。教室裡到處都是有創意的點子，每個人都玩得很開心，但是音樂會並未整合起來，而剩下的課堂時間正一分一秒地流逝。

哈特了解問題出在人性。少了一個老師來統領所有學生，合唱團成員便分裂成幾種基本的性格。哈特將他們分成三種類型：「行動者」、「游離者」和「蠢蛋」。

有些學生並不完全符合這三種基本性格的定義，所以哈特又再將他們細分為：「游離的行動者」、「有點蠢的游離者」，還有最糟糕的「游離的蠢蛋」。

而提姆・米勒則是「游離又愚蠢的行動者」。

大部分情況嚴重的蠢蛋都是男生，他們霸佔了教室後面窗戶旁的角落。對他們來說，合唱團是蠢蛋天堂。有三、四個蠢蛋天天玩牌，有人一直在踢沙包，其他一、兩個蠢蛋則是帶著隨身聽、iPod或遊戲機，然後一整堂課完全沈溺在個人世界裡。蠢蛋們雖然沒有建設性，但也不具破壞性。

游離的蠢蛋則會造成問題，不過幸運的是，班上只有兩個這樣的人，那就是莎拉・布思和凱莉・加農，她們都兩人一組在教室裡晃來晃去。是誰把黑板上的歌單塗改成《雪人流鼻涕》、《剩蛋零升》，還有《呆鼓手》？就是莎拉和凱莉。是誰把柯琳的背包黏在牆壁，還把亮片倒到羅斯的頭上？你猜呢？以前梅涅特老師每堂課都要用兇惡的眼神瞪她們兩個一次，這方法挺有效的，但是「哈特指揮合唱團」並未建立這樣的方式。

至於純游離者、游離行動者和有點蠢的游離者，只要行動者一直讓他們保持在忙碌狀態中，就不會有問題。柯琳是個超級行動者，而且她也是教室裡最大的承包商。她帶領一個有十五名游離者的小組專門剪星星跟彩帶，她讓這些人整天都集中心力做事。羅斯的小組有兩個游離者加一個游離行動者，他們幫羅斯把黑板上的歌單分類，再條列整齊輸入梅涅特老師的電腦裡。其他行動者還有愛麗森・金和吉姆・巴克，他們兩個找了幾個游離者組成小組，來幫他們完成計畫。另外還有單打獨鬥的行動者，比如跳胡桃鉗的兩個芭蕾舞者和魔術小子卡爾・皮斯頓，他們各自為了節目演出而忙碌不已。加上麗莎・摩頓，她仍然為了在舞台吊鋼絲，表演如天使般飛舞而拼命想辦法。

哈特看著月曆許久，現在已經翻到十二月的第二週，他知道從現在起要認真做事。他必須做出決定，必須掌握全局，是該組織整合一切的時候了。當然，也到了該開口唱歌的時候。大半的練習時間已經流逝，而合唱團卻連一個音也沒唱到，至少沒有像個「合唱團」一樣一起唱過。

於是在十二月七日，星期四，哈特把記事板帶回家。當天晚餐過後，哈特逐條看著一長串可能的活動清單，仔細研究著羅斯整理好的歌單。這時，哈特開始變身成為指揮。

經過一小時的反覆思考後，他打開客廳裡的電腦開始打字，整合音樂會的內容。接著他啟動印表機，印出七十五份資料。

十二月八日，只剩十一次的練習時間。合唱團時間一開始，哈特就要求同學集合，並將節目表發下去。

「嘿！」提姆・米勒大叫：「為什麼我沒有在節目表上？」

卡爾也大吼：「我的撲克牌魔術呢？」

教室後面有個女生也大喊：「誰說我們要唱小鼓手的？那首歌很無聊耶！」

「對啊！」凱莉說：「你這個呆鼓手！」

柯琳舉起手，哈特點她起來發言，希望能夠從這位值得信賴的副手得到一點支持。

柯琳拿起節目表說：「說真的，哈特，這看起來跟一般的音樂會有什麼不同？大家呆呆地走到舞台上排排站，唱六首歌，然後就下台一鞠躬？我看不出這份節目表有什麼特別的，更別提我們之前一直說要讓這次的音樂會有多麼不一樣，我實在不……」

哈特搖搖頭。「等一下……等一下，聽我解釋。首先，我們不是呆呆地走到台上，因為這份節目表只呈現歌名的部分，其他的細節我沒有放上去。比如說一開始的時候，我們不是要唱小鼓手嗎？這時會有三個鼓手，我、凱文和湯姆，我們三個會敲出節奏，然後再一邊唱一邊踢正步上台。這就是不同的地方。之後可以有其他人拿著寫有『歡迎光臨冬之望』的大布條進場。第二首《聖誕鈴聲》會請觀眾一起唱，像卡拉OK一樣，把歌詞投影在大銀幕上，觀眾就可以看著歌詞合唱，因為每個人都喜歡這首歌，這也是不同的地方。接著那首《我是小陀螺》，吉娜和麥斯會穿著特製道具服，打扮成光明節陀螺在台上轉來轉去，甚至可以轉到觀眾席，這樣真的很好玩。等我們唱到《聖誕佳音》時，夏儂和奧麗薇亞就在台前跳芭蕾舞，這樣的畫面很美啊，對不對？所以，這並不是一般的音樂會，這裡面有一大堆有創意的點子！」

對想了一整晚的哈特船長來說，這份節目表非常合情合理，但他的船員可不這麼想，所有的人立刻發難。

「你選的這些歌都超難聽！」

「是喔，只是細節沒放上去嗎？我看根本就爛透了！」

「我覺得這節目表有夠遜！」

「我也這麼覺得！它真的、真的有夠無聊！」

「沒錯！超無聊！」

卡爾・皮斯頓站起來說：「為什麼我就不能表演撲克牌魔術？它真的很炫！」

奧麗薇亞・藍伯特也加入。「我的芭蕾表演才不要被當成伴舞呢，除非是跳我選的《胡桃鉗》，否則我不跳！」

夏儂・羅達點頭附和說：「我也不跳！」

哈特覺得被擊沈了，同時也感到很生氣。他大吼著：「安靜！你們都安靜！」教室裡靜了下來。「我們不會有撲克牌魔術、芭蕾舞或是體操表演。這不是才藝表演，懂嗎？這是聖誕節音樂會，我們是合唱團，這才是我們一直在說的。我們可以做很多事，但我們還是得唱歌，因為……因為我們是合唱團啊。」

提姆・米勒跳起來。「我還是可以模仿貓王對不對？只要穿上聖誕老人裝就好，對不對？」

哈特點點頭說：「是的，但你不能整場在台上跳來跳去。你只要在第五首歌《藍色聖誕節》的時候，到台前對嘴表演就可以了，好嗎？」

提姆看起來很震驚。「不！不是這樣的！我要的是在全部的表演時間裡滿場跑，就和馬戲團的小丑一樣。我會演得很好笑，真的會笑死人的好笑！」他抓起他的空氣吉他，跑到梅蘭妮・依森身邊，用臉頰磨蹭她的臉，並用他最正點的田納西腔說：「想不想給貓王一個香吻呢？」

這讓一些學生笑了出來，但大部分學生還是對節目表不滿。在幾句比較大聲的抱怨後，哈特受夠了。

「聽著，」他說：「我是指揮，從現在開始，請搞清楚我們要辦的是音樂會，所以你們接受就是了。我們只剩下十一天，只剩十一天耶！我們得決定好音樂會內容，還要練唱，還有其他事情要準備。所以……我們開始吧，我們必須開始了！」

蠢蛋之王艾迪‧法雷這時候反嗆哈特說：「為什麼我們要聽你的？」其他三、四個學生也跟著反抗地說：「對啊！為什麼？」

哈特把腰桿挺到最直，眼裡爆出憤怒的火花，怒視著艾迪。然後哈特怒吼出一串他以前從未說過的話，一串就算再過幾百萬年都想不到自己會說出口的話。「為什麼？」哈特大吼：「因為我說了算！這就是為什麼！現在就給我開始！男生到這邊，女生去那邊。羅斯，把《小鼓手》的歌詞傳下去。馬上開始！」

同學都依他的命令動作。

當大家就定位，哈特轉身說：「梅涅特老師，麻煩你彈琴。」

接下來的三十五分鐘，哈特指揮全班練習《小鼓手》這首歌。他先指揮男生，再指揮女生，還讓肯尼在一旁敲小鼓。整體聽起來還可以，但也沒多好。

下課時間到了，學生們開始收拾東西。教室裡沒有笑聲也沒有聊天哈啦，彷彿空無一人。沒有人看哈特，也沒有人走近他。

哈特剛好跟在夏儂後面走出教室。他努力用最輕快的聲音對夏儂說：「嘿！夏儂，進度還不錯。妳覺得呢？」夏儂停在門口，轉身看著哈特。奧麗薇亞也是。

夏儂回答：「你在跟我說話嗎？我才不覺得有什麼不錯的。你只是另一個梅涅特老師，而且你比較矮，還更嚴苛。你知道你是誰嗎？」夏儂瞇起她綠色的雙眼，生氣地說：「你是一個老師！」

15 身陷泥沼

「又是美好的一天。天氣雖然很冷，但是晴朗又有陽光，真是一個完美的十二月天。你說是不是？」

哈特對爸爸點點頭，他試著擠出一點微笑，試著表現出他也關心天氣，但他做不到。現在是星期四早上七點十五分，哈特滿腦子都是合唱團、音樂會還有後續的爛攤子。這些事佔滿他的腦袋，每一天、每一夜。

哈特盯著藍白條紋的盤子，又吃了一片吐司。

哈特的媽媽對爸爸使了個眼色，用下巴比一比哈特，挑了一下眉毛。媽媽的表情說著：「你就繼續說下去啊，你看不出來他需要幫忙嗎？」因為家裡每個人都看得出哈特正深陷煩惱中。

就連莎拉也察覺到事情不對勁。兩天前，哈特放學後發現莎拉在他房間裡，就在角落的工作台後面。莎拉當時坐在椅子上，手裡拿著哈特的高速小電鑽。

「喂！妳在這裡做什麼？」哈特大吼。

到此為止，一切都還很正常。

莎拉倒抽一口氣，伸出她的左手。「我……我只是要在這顆佛州撿到的貝殼上鑽洞。我想要穿條繩子，作成項鍊。」

接下來發生的事讓她差點跌倒，因為哈特居然沒有繼續對她大吼大叫，然後抓住她的手臂把她推出房間。他反而對她說：「喔，小心點。電鑽上有個鑽子，小心它鑽過妳的手指。」

接著哈特就撲上床，從書包裡拿出記事板和筆，開始寫字。事實擺在眼前，莎拉心想：「哈特大爺一定是哪裡不對勁。」

媽媽在十一月底感恩節後就開始覺得哈特怪怪的。首先是一些小事，比如說，他放學後忘記留在學校報名冬季室內足球聯盟；他經常講電話，有時候一個晚上有兩、三通電話找他，是她不認識的男孩，也有女孩。還有為什麼他每天早上沖澡時總是唱那首《小鼓手》？最奇怪的是，哈特早就說過他最想要某種電玩軟體當禮物，但現在媽媽卻催了他三次，他才終於開出聖誕禮物清單。

哈特的爸爸喝了一口果汁，開口說：「哈特，今天要不要開車載你去學校啊？我們可以早點出門，然後繞個路。如果交通狀況不錯的話，甚至可以開到公園大道看看風景。怎麼樣？」

這番話引起了哈特的興趣。那台精悍的銀色小跑車，無論何時都不會被忽視。「耶！好啊！」

「再五分鐘？」

哈特點點頭。「馬上好。」他不只說到做到，還整整提早兩分鐘，而且書包已經丟到後車廂，連安全帶都繫好了。

爸爸倒車到馬路上，打到一檔，說了聲：「抓好囉！」然後油門一踩，「咻」的一下，一秒半之內車速就飆到每小時六十公里，哈特不由自主往後靠在棕色皮椅上。

他對著爸爸開心地笑。「帥！」

車子有時會發出清楚的嘶嘶聲，哈特好喜歡車子急速轉彎時，輪胎緊緊貼在地面上的感覺。爸爸一路把速度保持在速限之下，在連續彎道上開了十六公里。當他轉入交通擁擠的高速公路，朝公園大道前進時，他必須把速度慢下來。

爸爸按了個鈕，儀表板中間有個小小螢幕亮起。再輕按一下，螢幕上秀出一個地圖，街道和高速公路像棋盤圖一樣，上面有個八角形的紅燈一閃一閃。「這是衛星導航系統，看到那些小小的停止標誌嗎？」爸爸問。

哈特點頭。

「那是塞車的意思。我們最好不要走公園大道，所以我現在要在圓環迴轉，回到我們來的路。」

當他們通過擁擠的十字路口後，哈特一直伸長脖子探頭看著其他車輛的駕駛，以及路上的行人。他想看看其他人見到爸爸的跑車時，那種讚嘆羨慕的表情，而路人的確有注意到他們的車。

哈特得意地笑了。「當你開這台車時，每個人都在注意你，這種感覺一定超棒吧？他們看起來真的很羨慕你喔。」

爸爸笑得很大聲。「我不是為了這種理由才買這台車的。」

哈特轉頭看爸爸。「怎麼可能！」

「我是說真的。我才不管別人怎麼看我，怎麼看這台車，或怎麼看開著這台車的我。這都不是我買車的理由。」

當他們停下來等紅燈時，哈特對旁邊一台小卡車上的青少年點點頭，駕駛座旁還擠了兩個人。

「你看到我們旁邊這台小卡車裡戴洋基棒球帽的男生嗎？他已經盯著這台車兩分鐘了，還跟他的哥兒們談論這台車，只希望可以開它一程。你不覺得這樣很酷嗎？」

爸爸只是微微笑，聳聳肩。「不會，因為我真的不在意。我並不想讓別人嫉妒我，我只是想開一台引擎性能絕佳的好車而已。這台車好比是瑞士錶，每個細節都精準運作，每個零件都發揮應有的功能，既不浪費能源，也沒有多餘的動作，所有力量來自於完美的控制。它就是一台很棒的機器，這才是我在意的。真的。」

爸爸回到原來的路上重新加速往學校奔去時，哈特沈默不語。幾分鐘後，爸爸說：「最近這幾個禮拜，你好像變了，變得不像以前的你。哈特，是不是有什麼事讓你煩心呢？」

哈特搖搖頭說：「沒什麼啦，就是在學校發生一些事。一群同學對我發火。」

「發火？對你？為什麼？」

「就因為一些無聊的事啊。是在合唱團啦。我們要辦一場音樂會，而我變成了領導的人，可是我好像做什麼都不對，每一個人都只想按照自己的方式做事。」

「為什麼是由你來當領導的人？你們老師呢……那個……我忘記他的名字了。」

「梅涅特，梅涅特老師。他也在教室裡啊，不過得由我負責整合一切。」

「啊，那你就是老大囉。」

哈特不以為然地輕哼一聲。「要這麼說也行，只是沒有人想聽我的。」

接下來，沈默又持續了一點五公里左右的車程。爸爸先開口：「你知道嗎？我個人有一點當老大的經驗。那真的不容易，因為你不能只是下指令而已。我花了很多時間傾聽。除非人們真的有動力想做，不然他們是不會去做的，我的意思是，他們不會好好做。」

哈特看向窗外，車子快速經過葉子掉光的樹林，樹木看起來糊成一團灰色跟咖啡色。

當車子繞進學校前的圓環，爸爸說：「一定有辦法的，哈特。你會是個好老大，好領導者。同學尊敬你，一向如此。事情會好轉的，試著多傾聽。對我來說，多聽聽別人說，永遠都受用。」

哈特正要回話時，車子已經開到學校正門前，有個想法突然浮現腦海，令他挺直腰桿。哈特一直在等待這一刻！他已經在腦海裡不斷排演這一幕不下數十次，就是這一幕最高潮的接送場景，從一輛超酷的跑車開門下車。這一刻就跟他幻想的一模一樣。

當爸爸打開後車廂的鎖時，哈特四處搜尋他的觀眾。

校車還沒到，所以學校大門前基本上空蕩蕩的。真令人失望。大約在十公尺外，有四個女生在二號校車站牌附近等著。雖然跟哈特想像中被崇拜的粉絲團團圍住有點差距，但是這輛超閃亮的跑車已經引起女生們注意。哈特決定要使出渾身解數。

哈特可以感覺到當他帥氣地打開車門時，這四個女生全都轉過頭來。他再走到後車廂，拿出書包。

他走回還開著的車門，傾身向前，微笑對爸爸說：「謝謝你載我上學，還有你跟我說的事。」

爸爸也對他微笑。「今天要過得開心，好嗎？晚上見囉。」

哈特將門關上，如同他所想像的，這精悍的子彈跑車從人行道邊轟隆隆地駛離，方向燈閃起，往左轉，然後急駛向十二號公路。

好了，接著就是來驗收女生們的笑容啦，說不定她們還會點頭或揮手，甚至衝過來說：「那是你爸的車嗎？超酷的！」

哈特慢慢轉身，臉上掛著燦爛的笑容。

女生們站著。她們盯著哈特一陣子，接著，她們以近乎完美的統一動作，掉頭就走。

哈特知道為什麼她們會這樣。

她們都是六年級合唱團的成員。

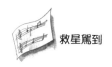

16 救星駕到

星期四下午，卡爾・皮斯頓在音樂教室門口堵到哈特。他一隻手拿節目表，另一隻手拿著一疊撲克牌。他甩著節目表，說：「這樣不對，哈特，你不懂嗎？這是羅斯答應我的，他說我可以上台表演，他給我七分鐘，你看！我居然不在名單上！我要表演一個很精彩的撲克牌秀，你看了就知道。哈特，來，我表演給你看。」

哈特搖搖頭，說：「卡爾，七分鐘實在太多了，這樣就佔掉整場表演五分之一的時間。再說，我完全不知道為什麼羅斯可以決定讓你表演。他說你可以穿魔術師的服裝嗎？可是這實在不搭……你明白嗎？這是音樂會。聽我說，我們等一下再談好嗎？」

哈特走開，卡爾繼續追上去。「可是哈特，你應該看看再說，這個表演真的很精彩，是我從我爺爺那邊學來的，而且他要來看音樂會，他一定會很高興！或是我穿成東方三智者❺的樣子，就是那個聖經裡的故事啊！他們也有點像魔術師嘛，對不對？」

哈特揮手要他走開，然後走到黑板前，把11這個數字擦掉，接著寫上10，每個字大概有二十公分那麼大。

10。這表示在音樂會正式開始前，只剩下這幾堂課而已。哈特轉身看著其他同學稀稀落落走進音樂教室。

他再度轉身面向黑板，仔細地端詳這個數字。還是10，一個1和一個0。

哈特可以預知未來會怎麼樣，他現在就能清楚看見。只剩下十堂課可以練習，不可能再多了，最後呢……就是一場大災難。

哈特一整天都被人冷眼對待。對他而言這是個全新的體驗，但他不喜歡這種感覺。

早上經歷過校門前四個女生掉頭就走這一幕之後，哈特在上課前先走向一群他的好哥兒們，但每個人都停止聊天並立刻散開。

當他下課走在走廊上，沒有人對他微笑，也沒人和他打招呼。

午餐時間，哈特走到他常坐的桌子，一個人也沒有。一直等到亞歷思過來坐在他對面，才有人和他一起吃飯。

❺東方三智者（Magi）又稱東方三博士或東方三賢士。在聖經故事中提到，耶穌出生時，他們三人在一顆明亮的星星指引下，找到了馬槽中的耶穌。早期有些基督教作品把他們描寫成魔術師。

亞歷思往四周看了看，問他：「人呢？」

哈特苦笑著。「你沒聽說嗎？關於我跟合唱團的事？我現在是全民公敵了。」

亞歷思在交響樂團。「喔，那個啊，對啊，我聽說了。」他聳聳肩，「你幹嘛要在意那群白痴在想什麼？本來就應該有人出來管一管啊。那些豬頭，滿天飛的豬頭啊，一定要有人出面叫他們閉上嘴，好好做事。」

哈特笑了起來，亞歷思的話讓他覺得好過一些，但他還是有點吞不下起司三明治。

午餐後，哈特在餐廳向另一邊的柴克揮手。柴克轉身離開。哈特追上去，在體育館前攔住他。哈特抓住柴克的背包，強迫他轉身。「我跟你揮手，你居然掉頭就走？你耍寶啊？幹嘛不理人？」

柴克回答：「我耍寶？哼，你才發神經咧！你以為我不知道昨天你在音樂教室裡對艾迪吼些什麼嗎？我跟你說，全校都知道了。你說他必須唱一些很蠢的歌，他問為什麼，而你居然回答：『因為我說了算！』你怎麼能這樣說？真的很過分。同學之間才不會這樣說，只有爸媽、老師才會這樣。好了，不說了。」

柴克甩頭就走。

有許多人在學校裡沒沒無聞，主要是因為沒有人認識他們。他們既沒有人注意，也沒有人在乎。哈特現在不是那種單純的沒沒無聞，大家都認識他，卻都討厭他。不到二十四小時，這位帕瑪小學的人氣王，一下子變成了過街老鼠。

這就是為什麼二十分鐘後，哈特站在音樂教室前，以黑板上大大的10當背景時，會覺得分外孤獨的原因。

上課鈴聲響起。當鈴響結束後，梅涅特老師帶著燦爛的笑容走進教室。他對站在教室前面的哈特說：「嘿！哈特，這數字看起來像GO！」他對哈特豎起大拇指。

哈特根本聽不懂老師在說什麼，但他還是點頭微笑。

梅涅特老師快速地穿過亂七八糟的折疊桌。他環視著全班說：「我幫哈特查了一下，看起來沒問題，合唱團可以用舊體育館，李察斯校長說會幫我們安排，所以合唱團表演可以在舊體育館舉行。如果你們需要舞台，舊體育館的一邊有，裡面有足夠的空間讓你們盡情發揮。管理員說會依照你們的想法排折疊椅，而且兩邊都還保留了觀眾席。我們甚至可以提早三、四天先進去布置場地。到了音樂會那晚，樂隊和交響樂團會先在禮堂表演，中場休息時間之後，來賓會走到舊體育館看合唱團表演。這樣一來，就通通搞定了。這個主意很棒吧！」

柯琳看著哈特說：「你是說我們可以先進去布置，在音樂會之前都不會被別人看到嗎？」

哈特順勢點點頭。

柯琳說：「那真是太棒了！」

奧麗薇亞跳起來。「所以會有地方讓我們跳芭蕾舞囉？」

哈特吸口氣。「呃……這個，我不確定……」他說的是實話。

哈特的腦子正快速運轉，試著弄懂梅涅特老師說的話，試著去想像音樂會要怎麼樣在舊體育館裡舉行，試著去想接下來應該要怎麼說、怎麼做。

幸好哈特腦筋一向動得快，他再度深吸了一口氣才開口說話，好讓他的思緒可以趕上。「這個……嗯……在昨天的事以後，我開始想……我想的事情是……那個……」

這時，就像一陣風吹皺一池平靜的水一般，哈特想到了。「我想的是……我們應該回到……回到最開始的時候。因為最開始時辦了一場選舉，然後大家選我當指揮，雖然很瘋狂，但是卻解決了當時的……問題。只是，現在應該怎麼辦音樂會，大家有幾百萬個想法……這下又產生了新問題，比如說要選哪幾個點子來用。這對我造成了很大的壓力。」

哈特彷彿突然想到了什麼，他看著教室後面的艾迪．法雷說：「真的很抱歉，我昨天真的是一個豬頭。」

哈特停了一會兒，艾迪對他微微一笑、聳了聳肩。哈特接著說：「所以我們應該要投票表決，像是該唱哪幾首歌、音樂會看起來應該怎樣，還有哪些人要做哪些事。我們來投票吧，但首先我們全體都要同意，不管是哪首歌或哪種表演得到高票，都要少數服從多數。有人要補充意見嗎？」

大家開始研究起這個提議，在教室裡七嘴八舌討論著。有人贊成，有人反對，即使躲在後面角落的蠢蛋也關注著事情發展。

羅斯舉起手。「我知道投票票選要怎麼做，這有點像學生議會選舉。首先要有人提名，提名哪些歌曲，還有哪些表演節目。然後我們做一張選票，上面有歌名和表演節目選項。選票確定後，同學們可以上台幫自己喜歡的選項宣傳拉票，這就是競選活動。每個人都要投票，但只能選六個不同的表演。得到最高票的前七個或八個表演就獲選，因為音樂會的長度只有三十五分鐘而已。」

哈特等著其他人發表意見，但是沒有人舉手，所以他說：「我覺得這樣不錯。」接著他指向身後黑板上大大的數字10，「但是我

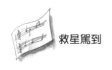

們只剩下十堂課可以練習了，所以得盡快決定，今天就來票選吧。羅斯說的你們贊成嗎？各位同學，贊成的舉手。」

幾乎全部的人都舉手。

哈特說：「好，那我們開始吧。」

接下來，是民主制度裡最美好的時刻。提名作業快速進行，內容五花八門，全都混在一起，有歌唱、才藝表演，還有個人獨秀。梅湼特老師坐在電腦前，將所有選項輸入電腦裡。二十分鐘後，大家都同意提名作業結束，老師把選票列印出來發給全班同學。

接下來的時間開放給同學做競選活動。

艾莉·瑪斯頓站起來說：「我們一定要唱《平安夜》，我認為它是最棒的，因為……這首歌最能表現聖誕節。」

詹姆斯·阿契爾說：「是嗎？可是歌詞裡提到『救世主誕生』

等等，說不定其他宗教的人無法認同啊。」

吉娜說：「我是猶太人，我並不在乎。或許我爸媽會在乎，但我沒關係。那只是一首歌而已，又不是要改變誰的信仰。如果有人因為這樣而生氣，我們可以說這是一種學習，只是要多了解其他宗教罷了。我們也可以在表演裡加入伊斯蘭教，還有非裔美國人的寬札節❻。但我想說的是，我們可以唱光明節陀螺的歌，因為它節奏輕快又很好玩。」

卡爾推銷了他的撲克牌魔術，夏儂和奧麗薇亞則用力宣傳芭蕾舞，希瑟和珍妮說他們還是想唱韓文的聖誕歌曲。

❻寬札節（Kwanzaa）起源於一九六六年，當時美國黑人解放運動正值高潮，為了傳承非洲文化價值而定了這個節日。從每年十二月二十六日起連續七天，每天點一盞蠟燭，代表非洲七大傳統價值。

安說：「那卡拉OK呢？就是讓觀眾上來和合唱團一起唱歌，我還是很喜歡這個點子。」

很多學生為自己喜歡的歌做了一小段競選演說。接近尾聲時，哈特說：「我還是認為我們應該要唱《小鼓手》，因為打鼓的部分很酷。」

離下課時間還有五分鐘，哈特說：「好吧，該投票了。每個人請選擇六個你希望演出的項目，下課時我會來計票，梅涅特老師會監督計票工作。明天我們就可以看到結果，然後開始練習了。各位，請開始吧。」

整間教室都安靜下來，只剩下筆在紙上畫記的沙沙聲。

提姆．米勒發問：「如果我不小心選錯想要改，我可以直接畫掉嗎？因為我用原子筆。」

哈特點頭。票選繼續。

當下課鐘聲響起，哈特趕到門口跟大家說：「離開教室前，請將選票交給我。」

提姆大喊：「我第一！」然後衝到門口投下選票。他把選票折了好幾次變成很小張，朝上那一面還用紅筆寫著「最高機密」。

哈特向同學喊說：「拜託各位，選票只要折一次就好。」

在羅斯離開教室前，他說：「哈特，這點子不錯喔。」

哈特說：「謝啦，你也是。」

艾迪・法雷交出選票，用低到只有哈特聽得見的聲音說：「如果《小鼓手》入選的話，能不能也讓我打鼓？我有學過。」

「當然，」哈特點頭，「有何不可？」

一群女生衝出教室，夏儂還向哈特微笑一下。

等同學都離開了音樂教室，哈特拿著一整疊選票到教室前面。

「老師，這要放哪裡比較好？」

「這裡，我有個大信封。」

哈特將選票交給老師，然後說：「一開始的時候，在舊體育館演出的事……為什麼你說的好像是我的主意一樣？」

梅涅特老師笑了。「那你為什麼不阻止我，然後跟全班同學說你什麼都不知道呢？」

哈特也笑了。「因為我已經昏了頭，現在只要有人幫忙，我都會接受。」

梅涅特老師仍帶著笑容點點頭說：「我想也是。」

「嗯，結果很棒，」哈特說：「所以謝謝，非常感謝。」

「不客氣。」

梅涅特老師頓了幾分鐘。「不過下一次你需要幫助時，記得一定要開口。我說過你可以信賴我，我是說真的。」

哈特點點頭。「好，我會記得。」他拿起背包準備離開。

他又停下腳步。「你是怎麼想到要去舊體育館的呢？」

這次換老師笑了。「很簡單啊。過去這幾週我學到很多，所以我問自己：『如果我和哈特一樣瘋狂，接下來該怎麼做？』」

哈特哈哈大笑。「是喔。那我們放學後見囉……放學後我會來計票。」接著他就趕往下一堂課的教室。

梅涅特老師坐在位子上，打開大抽屜。他從標有「大信封」的檔案夾裡抽出一個大信封，把選票放入。他輕輕地搖搖頭，臉上仍然帶著微笑。

原本在幾週前，他還希望哈特會一敗塗地。他希望這小子把音樂會還給他，坐回自己的座位，然後閉嘴。今天稍早，梅涅特老師跑去找校長、體育老師和體育館管理員商量，他明白這場音樂會對他來說變得有多重要，他希望音樂會成功。

他做這些事都不是為了自己。梅涅特老師很清楚，再過兩個星期，這裡就不再是他任教的學校，但是這些孩子，包括哈特·伊凡斯，都還是他的學生。

而這場音樂會，屬於這些學生。

17 計票

十二月十日星期五，音樂會倒數第九天，哈特將票選結果公告給全班。

一共有三十六個提名項目，包括歌曲與表演，交由全班同學評判。民主制度本身順利運作，所以民主制度並未造成問題。造成問題的是票數。

一共有七十四個學生，每個人可以投六票，所以總票數是四百四十四票。假設三十六個項目都一樣受歡迎，那麼每項得到的票數就是平均值十二票。但是，當然不會這麼剛好。

最高票的三首歌是：《雪人弗斯特》、《裝飾大廳》和《美哉小城伯利恆》，它們以壓倒性的票數獲選，一共拿走一百八十一張選票。

次高票的三首歌是：《聖誕鈴聲》、《我有一個小陀螺》和《祝你聖誕快樂》。這三首也相當受歡迎，總共拿走九十六張選票。前六首歌曲已經佔了二百七十七票，其餘的三十個項目只能瓜分剩下來的一百六十七票。

如果這三十個項目得到的票數也是平均值的話，每項可以得到五、六票。這就是有意思的地方了，許多項目大概都是這個票數。因為票數差不多，也就是說最後被選上的兩項，並沒有得到多數人的支持，其中一項得了十一票，另一項得到九票。這兩項就是芭蕾舞劇《胡桃鉗》，以及卡爾・皮斯頓的撲克牌魔術。

沒什麼好爭辯的。民主制度順利運作，而票數呈現了事實，但是票數無法反映人的喜惡。

卡爾、夏儂與奧麗薇亞，還有投票給他們的朋友都開心不已，所以大約有十五位學生對此結果感到滿意。

其他的學生並不確定自己心裡的想法。

湯姆・丹比除外，他很確定自己的感覺。他站起來說：「我提議我們再舉行一次票選，沒有人想看那個爛撲克牌魔術。哈特昨天不是說，不要弄成才藝表演嗎？他說的沒錯。還有那個愚蠢的芭蕾舞，實在噁心得讓我想吐。所以我說，我們再投一次！」

夏儂坐在位子上轉身回說：「只有白痴才會不喜歡芭蕾舞！要再舉行投票的話，我看乾脆改投認為湯姆是白痴的人請舉手，然後大聲叫他『白痴』！」

十幾個女生揮手尖叫：「白痴！」

教室裡，大戰一觸即發。

女生們開始鼓噪。「白痴！白痴！白痴！」

「開什麼玩笑，妳們才是白痴啦！就算妳們真的會跳，芭蕾舞還是一樣爛！」

「白痴！白痴！白痴！」

愛麗森幾乎是吼著說：「我們真的要讓撲克牌魔術上台嗎？這是音樂會表演耶！誰要看那種紙牌把戲？」

「我也贊成，」艾迪附和：「撲克牌魔術是給笨蛋表演的。」

「誰說的？」講話的是卡爾。

「我說的。」

「喔，是嗎？」

「閉嘴！」

「你來啊！」

「閉嘴！」

「不，你才閉嘴！」

「白痴！白痴！白痴！」

「閉嘴！」

在一片煙硝瀰漫中，提姆・米勒仍試圖引起哈特的注意。「哈特！貓王還是可以上台對不對？嘿！哈特！哈特！哈特！貓王啊？貓王可以上台對不對？對不對？哈特！哈特！」

哈特十分氣餒。選舉完全公平，但現在這是什麼情況？他要是開口，每個人都會拿他當箭靶。教室裡的吵鬧根本讓人無法思考。

哈特看著梅涅特老師……真不敢相信。老師居然坐在他的位子上，平靜地看著教室裡的大混亂，看起來好像一點也不在乎。哈特甚至覺得老師的嘴角好像在笑。

梅涅特老師轉頭看哈特。老師只是笑了笑，聳聳肩。

哈特實在不覺得眼前這一幕哪裡好笑。梅涅特老師察覺到了，於是立刻調整臉上的表情。

哈特繼續看著他。然後他揚起眉毛，動動嘴巴，沒出聲地說了幾個字。

梅涅特老師收到訊號。

哈特說的是：「救命啊！」

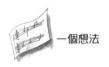

18 一個想法

梅涅特老師站起來，走到哈特面前，差一點撞上坐在最前排學生的桌子。他把手高舉過頭，等待著。

最近梅涅特老師會有動作是一件稀奇的事，所以馬上吸引了班上每個人的注意。十五秒內，所有的吵鬧聲都安靜下來，所有學生也都回到自己的位子上。

梅涅特老師把手放下，說：「謝謝。我只想問一個問題。『冬之望』這個名稱是怎麼來的？」

柯琳舉手，老師點她發言。「這是愛麗森想出來的。只要太陽馬戲團有新戲碼，都會取一個特別的名字，愛麗森就是學這一點，而我們也都很喜歡，所以決定把音樂會取名為『冬之望』。」

「那麼，這名字本身，」梅涅特老師問：「有什麼意涵嗎？『冬之望』希望的是什麼呢？」

愛麗森舉手說明：「希望和平。這是我的想法。一場聖誕音樂會可以祈望和平，而聖誕節在冬天，所以就叫做『冬之望』。」

梅涅特老師把大大的「和平」兩字寫在黑板上。他指著這兩個字，轉過身，「你們知道這是什麼嗎？這是一個主題，一個大方向。如果你們定了主題，就可以依主題設計節目。過去這幾週，你們已經有很多很棒的主意，用投票來做決定也很好，但是如果你們想整合所有的節目，也許可以想想愛麗森說的祈望和平這個主題，

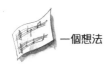

可能會很有幫助。你們覺得呢？」

卡爾舉起手。「所以，你的意思是，我不能表演撲克牌魔術，是嗎？」

梅涅特老師搖搖頭。「我不是這個意思。我說過，這不是我的音樂會，一切由你們決定，我只是在問，有沒有人認為愛麗森的想法可以當這次的主題。你們想出了那麼多有創意的活動，我真希望它們全部都可以實現，但是有了一個主題，例如『和平』，這場音樂會就可以說一個故事。比如說關於尋求和平，對和平的渴望，或是當人們不互相爭吵廝殺，在和平的時間裡可以做些什麼，像是跳芭蕾或變魔術。一場有主題的音樂會可以讓你們的想法盡情發揮，這就是我要說的。」

不到一個月前，在「哈特指揮合唱團」成立之前，梅涅特老師會繼續說下去。他會開始對每個人大吼大叫，下指令，把事情組織起來，讓計畫推進，但今天不是。他看著安靜教室裡每個學生的臉孔說：「這只是一個想法。」然後他走回座位，坐下來。

梅涅特老師提供的協助，不但適量，還很適切。

哈特明白了。

和平。這個主題就像是一個鏡頭，而在哈特腦中，所有的想法漸漸聚焦。在同學再度吵鬧前，哈特說：「愛麗森的想法很棒，你們覺得呢？我的意思是，我們可以根據這個主題做一大堆事！你們說好不好？」

哈特不是唯一明白的人，同學們紛紛點頭附和。卡洛琳舉起手說：「要不要找個人當旁白？有點像是在說故事，就像剛剛老師講的那樣。我們在戲劇社的時候有這樣唸劇本過。」

羅斯說：「那我們得把全部的東西寫下來，這樣才有辦法唸出來。我的意思是寫成講稿。」

「沒錯，」哈特說：「不過不用寫很長，但一定要有效果。我也覺得這是個好主意，對不對？有誰不贊成和平這個主題嗎？」

奧麗薇亞舉起手。哈特知道她要說什麼，但是他已經準備好要面對了。

她問：「那我們昨天的票選呢？難道是選好玩的嗎？」

哈特搖搖頭。「不，選舉非常公正公平，所以被選上的項目都會在音樂會裡，除非我們全部的人都決定推翻。我們現在只是要找出一個讓所有事物都能整合在一起的方法。而且，這不就呼應了『和平』這個主題嗎？就是讓所有的事情在沒有爭吵的狀況下圓滿達成。」

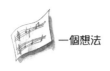

梅涅特老師覺得教室裡的氣氛變了，就好像寒冬時吹來了一股暖風，讓冰雪融解，溫暖了每個學生。

哈特也感受到了，他繼續說：「我知道我們做得到。和平是一個大主題，非常重要。我們必須一起思考，一起努力去想清楚。為了音樂會，我們做得到，我們一定要做到。」

每個人都贊成。學生們不再只是跟隨著哈特，他們信任他，而且，他們也信任自己。

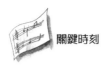

19 關鍵時刻

地球不停地轉動。它只要一轉，就會把時間推向十二月二十二日。哈特一邊盯著日曆，一邊盯著忙亂的準備工作。

在這十一天裡，任何人看了合唱團的狀況，都很難猜到音樂會的主題是什麼。不管是所剩不多的合唱團練習時間，不管是上學前或放學後的裝飾品製作，不管是週末的新歌練唱和體育館布置，沒有一樣可以讓人聯想到「和平」這個主題。

要讓主題凸顯出來真是費了好大的工夫。對哈特來說，這十一天還真像是一場大型的軍事演習，而且好幾次都差點擦槍走火，演變成戰爭。

比如說，他們曾為了哪幾首歌適合或不適合主題而陷入激戰，也曾為了哪些非音樂性活動是否應該在音樂會裡演出而爆發衝突。而當事情終於搞定後，卻又開始爭執節目的演出順序。

為了誰來寫講稿、講稿的內容寫什麼，又是一番來回攻防；之後又為了誰要唸哪一部分而爭論不休。同學們紛紛拉攏結盟，統治世界一、兩天後，又再度分裂成敵對關係而瓦解。有人動手動腳，扭打成一團，還有吵架與爭執，口角與拌嘴。

邁向和平之路並不平坦，但謝天謝地，在這脆弱卻奇蹟似運作起來的民主制度中，所有的衝突都化解了。

在吵吵鬧鬧中，哈特也看見進步，每一天、每一分、每一秒。

學校音樂會很少不需要家長幫忙，這次也不例外。當家長編入各小組與學生一起工作，哈特才終於確定音樂會正在成形。沒錯，即使音樂會最後可能變成丟臉的大災難，但一定會準時舉行。

至少有十幾個家長開始幫忙柯琳和場地布置小組。有些人出力，有些人捐贈物資。厚紙板、保麗龍、油漆、膠水、亮片、彩帶、鐵絲等等材料堆成一座小山，讓場地布置小組不得不從音樂教室移師到舊體育館的舞台上工作。

有位媽媽帶來可攜式縫紉機，把三條雙人大床單縫在一起。在愛麗森的指揮下，三位家長幫忙一組學生在橫幅大布條上塗油漆。接著他們開始做幾個小的橫幅布條和指示牌。

音樂會前的最後一個星期日，六位媽媽及四位爸爸來幫忙吊掛裝飾品和調整音響，並依照吉姆・貝克的設計排列折疊椅。不會有任何升起的平台，燈光表現也不會讓觀眾誤以為是電視節目，但吉姆貢獻了幾個有創意的想法，是經過全體投票通過的。

麗莎・摩頓的爸爸決定不花一萬兩千美元在吊鋼絲和綁安全帶上，但是為了能讓麗莎像個小天使在空中飛舞，麗莎和爸爸想出一招同樣充滿戲劇性的方法。在這最後的一個星期日，父女倆也在舊體育館裡賣力工作。

梅涅特老師依然藏身幕後，但他一樣奮力工作。他去拜託體育老師讓兩班學生併班上課，好讓其他人這幾天不會進到舊體育館。他也去拜託管理午餐時間的老師在這寒風刺骨的天氣中，將學生帶到遊戲區吃飯，而不會進入舊體育館。他也跟校長保證，他絕對知道自己在做什麼，不會藉由讓學生自己辦音樂會而給學校難堪。他還提早到校，並且用午休時間指導獨唱學生練習，幾乎每天都很晚

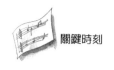

才回家。他負責在星期六早上和星期日下午來開舊體育館的門，然後等大家都收工回家，再把門鎖好。

回到家之後，梅涅特老師還得負責維持家裡的和平。他在下班後多花的這些時間並不能幫他找到新工作。他太太對他長時間的工作感到不滿，露西・梅涅特想抱怨的可不少。

「你說過，你已經把整個聖誕節音樂會的爛攤子丟給這些不懂感激的學生，那時我是怎麼說的？我鼓掌叫好，為你喝采。我還想說：『我可愛的老公終於開竅了，他總算不再讓那個可惡的學校糟蹋他。』結果呢？你知道嗎，大衛？老實說，你被開除是件好事。因為如果你沒被開除，我不知道要怎麼眼睜睜看著我心愛的人這麼努力教書，最後卻被搾乾到一滴都不剩！」

合唱團在這麼短的時間裡，勉強學會一大堆新歌。梅涅特老師還是每堂課耐心地彈著鋼琴為他們伴奏。在哈特的邀請下，老師建議了一些適合的歌曲，而他也對每首歌提出建議，但只要合唱團做了決議，他就安於伴奏的位置。這對他來說是最困難的部分。他很想下指令，很想強迫學生分部和聲，但他都忍下來。他已經接受了這件事實：合唱團就像一年級學生一樣，所有的曲目都是齊唱。

聽到學生唱歌時咬字不清，歌詞含糊帶過，從一個音滑到另一個音，而不是清亮的轉音，他不得不放下多年的音樂素養。他忍住內心那股尋求美聲和諧的衝動，把思緒集中想著，即使孩子只得到他或其他人的一點點幫助，他們還是可以創造出獨一無二，甚至十分美好的事物。不過嘛……「美好」可能是有點期望過高了。

無論如何，梅涅特老師期待著星期三晚上的到來，就像父母期待看著孩子踏出第一步——獨立，但不孤單。

20 和平

十二月二十二日傍晚，帕瑪小學擠滿了人。超過四百名家長、老師和親朋好友來欣賞聖誕節音樂會。

晚上七點準時開演，六年級樂隊成功演出組曲，鼓掌聲持續了好久。六年級交響樂團則與莫札特對抗，和貝多芬進行殊死戰，但終歸還是一場好聽的音樂和好的教育示範，掌聲再次響徹禮堂。

跟著節目表的指示，群眾來到餐廳，享用中場休息時間的茶點招待，然後再跟著路標走到舊體育館。有些帶著小小孩的家庭在中場休息後就回家了，有些因為孩子沒有參加合唱團也回家了。不過還是有超過三百名來賓，依循路標走向音樂會的下半場表演。

六年級合唱團已經準備好了。

體育館入口外面有一個角落裝飾成勞軍表演大廳的模樣。到處掛滿了紅、白、藍的彩帶，還有大布條寫著：

和平！和平！

戰爭結束了！

大家都要回家過節！

今晚的表演完全免費！

角落設置了一個小舞台，合唱團裡幾個男生，包括艾迪・法雷和其他三個蠢蛋，穿得像阿兵哥一樣，站在那裡看表演。表演的人是卡爾・皮斯頓，他穿著魔術師的全套行頭。在這中場休息時間，他表演了一手撲克牌，還有其他四個拿手的魔術。小朋友愛極了他的演出，當然，他爺爺也不例外。

來賓們經過入口的表演走進體育館後，靜靜地找個位子坐下。這時如果交談會很失禮，因為在體育館另一端的舞台上，夏儂和奧麗薇亞正在表演著「蘆笛之舞」，舞台上方的紅色燈光打在她們身上。音樂非常輕快又充滿節慶氣氛，但是也很寧靜平和，這一點倒是非常符合音樂會主題。即便是湯姆・丹比也得承認這兩個女生看起來很優雅，而且很會跳舞，還有……很漂亮。這段舞的長度只有三分鐘，所以在全部的來賓都就定位前，她們一共跳了四次。她們在掌聲中向來賓鞠躬致意。

當來賓全部坐好，兩位芭蕾舞伶離開舞台後，布幕拉起，燈光轉暗。舊體育館一片漆黑，只有出口標誌的紅色燈光微弱閃著。

一陣低沈的鐘聲從很遠的地方，沿著走廊傳來。鐘聲「噹……噹……噹……」迴盪著。來賓都安靜下來，屏息聆聽。

走廊的鐘聲還沒停歇，在舞台布幕後響起另一個音調不同的鐘聲。接著又響起第三種鐘聲，從更遠處的長廊傳來，位置差不多是在兩旁觀眾席最接近天花板的地方。第四種鐘聲則藏在體育館東面牆邊的一排置物櫃裡。

隨著鐘聲漸遠，布幕也跟著開啟。學生的頭上彷彿有上百個閃亮的小星星高掛空中。六年級合唱團往前走了三步，等鋼琴演奏完前奏之後，他們開始吟唱：

和平

我聽見聖誕節鈴聲響起，
奏起那熟悉的聖歌，
甜美悅耳的歌詞迴盪，
賜給世界和平，人們善念。

合唱團接著哼唱旋律，一個聚光燈轉向舞台的一邊，照在卡洛琳・裴頓的身上。聚光燈非常明亮，她瞇著眼走向麥克風前，準備朗讀講稿。

「今年，合唱團的成員自己選歌，自己布置場地，自己發想表演內容。我們選擇了一個簡單，卻非常重要的意念做為這次音樂會的主題：和平。

宗教節日是行之已久的傳統習俗。有些節日可以回溯自數千年之前，像是聖誕節、光明節和齋戒月。有些節日則是近幾百年才建立的，比如感恩節和寬札節。

不管是遠古或近代，對全世界的人們來說，宗教節日讓我們更接近信仰，更親近家人。節日提醒著我們，每個家庭都祈禱能活在自由與和平之中。

和平。這是每個家庭所祈求的，這也給了合唱團發想的靈感。於是，我們為今年的音樂會取了一個特別的名字。」

當巨大的橫幅布條從舞台上方垂落，卡洛琳說：

「歡迎來到……冬之望！」

鋼琴聲再度揚起，合唱團分成左右兩邊，在燈光最亮的中間，四塊高高的紙板從地板立起。第一塊畫了聖誕樹，第二塊畫的是金色的光明節聖燭台，第三塊則是伊斯蘭教的新月標誌，而黑色、紅色和綠色的寬札節蠟燭則在第四塊。

合唱團唱起：

我們祝您佳節快樂！
我們祝您佳節快樂！
我們祝您佳節快樂！
並祝您新年快樂！

我們帶來好消息，
給您和您的家人，
帶來節日的好消息，
祝您有個美好的新年！

曲畢，觀眾爆出如雷掌聲。當掌聲停歇，換羅斯走向麥克風。

「如果世界少了和平，我們還能到處祝別人快樂嗎？少了和平，我們還能快樂地唱歌嗎？

各位能想像，如果《聖誕鈴聲》創作在戰爭時期的話，又會是如何呢？」

燈光這時轉為憂愁的藍色，梅涅特老師把《聖誕鈴聲》旋律改用小調演奏，合唱團在舞台上有氣無力地走著，嗚咽地唱出歌詞：

大事不好了，大事不好了，
沒有能讓我高興起來的事。
所有的新聞都令人心驚，

我不知道父親身在何處。
我好傷心啊，我好傷心啊，
我再也不想遊戲。
只要戰爭結束，
我的日子才能好過。

聚光燈再度照在羅斯身上。

「然而，《聖誕鈴聲》創作於和平時期，所以它充滿了歡樂。接下來才是真正的《聖誕鈴聲》，請大家跟我們一起歡唱！」

歌詞投射在舞台旁的牆上，數百名來賓一起唱和。這時側門打開，一輛由馬拉著的雪橇突然進場。雪橇其實是用紙板和油漆改裝的玩具推車，而馬其實是湯姆·丹比戴著塑膠馬頭和繩子馬尾裝扮成的。他配合著音樂節拍，在通道間來來回回拉著雪橇，還不定時學馬嘶嘶嗚叫。

而坐在雪橇上奔馳的不是別人，正是提姆•米勒。他模仿貓王扮成聖誕老人，臉上沒有戴白鬍子。這個假貓王扭腰擺臀，用盡全部的肺活量嘶吼歌唱，同時還拿著一把真正的電吉他刷出金屬擦爆音，透過綁在雪橇上的一台可攜式擴音機放送出來。提姆模仿貓王扮成的聖誕老人造成大轟動。

在這場大合唱中，哈特站在音樂會裡他最喜歡的位置：合唱團的最後一排。本來同學要他像指揮一樣，站在前面指揮，但哈特拒絕了。要煩心的事已經有夠多，而自己明明不會指揮，還要站在台前假裝。他才不要呢，這樣會看起來很蠢。

雖然他嘴裡唱著：「鈴聲響、鈴聲響……」但他心裡卻一直掛記著接下來的表演。他自言自語，腦袋裡有一百件事此起彼落。

「所以……再來是平安歌。那個旋律是什麼？怎麼唱呢？喔，對了對了……然後是陀螺歌，這個要輪唱……是我們先，再換比利那邊，還是他們先？等一下……不對，平安歌才是用輪唱的……到底是哪一邊先？……電池呢？爸拿來了嗎？因為五十的不夠力……那個燈光……因為那就表示……還是下一首是陀螺歌？」

哈特的腦中一片混亂，舞台後更是亂七八糟。穿陀螺裝的兩個學生正在練習旋轉，其中一人轉著轉著就把晚餐吐了一地。大家都找不到管理員來幫忙，在場的一位媽媽和爸爸只好緊急用面紙和礦泉水清理現場。

舞台總監柯琳的胸前掛了三個對講機，一個是用來跟操作燈光的同學溝通，一個是對舞台上移動布景的同學講話，還有一個是和梅涅特老師保持聯繫。她抓起其中一個對講機說：「老師！老師！有一個陀螺吐了！再多彈一段《聖誕鈴聲》！」

因此，這段大合唱進行得稍微長一點，不過似乎沒有人介意，尤其是假貓王提姆。

哈特的憂慮大部分都是多餘的。《平安！我的朋友》這首歌由吉娜先擔任開場白，說明光明節與祈求和平的關聯。哈特很喜歡這首歌，練唱時這首變成他的最愛，因為這首歌用三部輪唱來呈現，旋律本身帶有一種純粹的莊嚴，尤其當哈特所屬的第三部加入合唱時，和聲與旋律交織出來的震撼力，優美而真實。

從舞台上，看著來賓裡面有他的家人和鄰居，哈特慶幸自己在唱《平安！我的朋友》時站在最後一排。他也慶幸同時有那麼多同學一起合唱，因為他覺得自己的喉嚨開始哽咽。音樂、和聲，還有整場音樂會順利進行，這些都讓他的心充滿未曾有過的感覺。

接下來的《我有一個小陀螺》則是表現光明節活潑的一面。兩個團團轉的大陀螺讓每個人都開懷大笑，除了一個坐在前排的小小孩對所有觀眾大喊：「他們身上有吐過的味道！」

兩個陀螺下台一鞠躬之後，合唱團全體成員呈縱列走下舞台，分成兩隊各走向體育館的兩邊。每個成員之間間隔一百二十公分，圍著來賓站好，燈光轉弱，梅涅特老師用鋼琴開始彈奏一段輕柔的音樂。沒有介紹詞，合唱團直接唱著：

美哉小城伯利恆，
你是何等寧靜。
在你無夢的深深沈睡中，

星星無聲運行。
而你的漆黑街道依舊閃耀著
這永恆的光芒。
人間歲月的希望與憂慮，
今夜相會於你。

聚光燈這時照著艾莉・瑪斯頓，她拿了一張紙開始朗讀。

「『人間歲月的希望與憂慮』是什麼意思呢？人類所希望的也許是和平，而憂慮的可能是真正的和平永遠不會來到。當天使出現在伯利恆的牧羊人們面前，他們唱著：『在地上，平安善念歸予眾人。』而在今年，在此時，這也是我們的企盼，與各位分享。」

體育館裡完全暗了下來。梅涅特老師彈了一小段前奏，在體育館前，有個女生打開手電筒，將光照在臉上。這個女生是潔妮・金斯頓，她先獨唱前兩句，歌聲清亮且甜美，然後愈來愈多學生加入演唱，每個人開口的同時都點亮了手電筒。

讓和平充滿世界，
就從我開始；
讓世界充滿和平，
和平天註定。
上帝是造物主，
人是上帝的子女。
讓我們手牽手，
走向和諧大道。

鋼琴再度從前兩段旋律彈起，七十支手電筒同時往上照，光束集中在同一點。這時，高懸在空中，有個金色翅膀和銀色衣裳的小天使，飛進手電筒的集中光束裡。

這天使不是麗莎・摩頓，而是她和媽媽一起製作的娃娃。麗莎的爸爸和哥哥在觀眾席中用滑輪和釣魚線控制天使的飛行。

當天使緩慢地飛過，在觀眾的上空畫出一個優雅弧度，所有的光束都跟著它，歌聲又再度揚起。

和平就從我開始，
就從這一刻起。
用我走的每一步，

發下真摯誓言。
珍惜每一刻，
活出每一刻，
永遠在和平裡。
讓和平充滿世界，
就從我開始。

合唱團重複唱著最後兩句，當唱到「從我開始」時，由潔妮獨唱，站在另一邊的十名成員接著重複「從我開始」，再加入另一邊十名成員唱著「從我開始」，如此一共反覆進行六次，直到全部成員都加入大合唱。

燈光全部亮起，合唱團全員鞠躬致意。這時所有的來賓，每一位爸爸、媽媽、爺爺、奶奶、阿姨、叔叔、鄰居和朋友，所有的人都起立為他們鼓掌。掌聲持續了一分鐘還不斷，又繼續了一分鐘。這些掌聲並非如雷貫耳，也沒有伴隨著口哨聲和跺腳，而是帶著深深的感動。好多人都一邊拍手、一邊輕拭眼角。

掌聲會持續這麼久，是因為所有來賓都體認到自己剛才欣賞了一場不同凡響的演出，要是掌聲停下來的話，這一場音樂會就結束了。他們都不希望結束。

梅涅特老師也不希望音樂會就此結束。

他坐在鋼琴前，沒有站起來，也沒有鞠躬。他沒有看向座位第四排的妻子，她現在站著，淚流滿面。梅涅特老師微微笑了，她也是。他感覺得到露西已經了解他為什麼堅持不辭職，還有為什麼他總是相信教書具有未來性。

掌聲終於結束。

哈特找到他爸媽。媽媽給了他一個大大的擁抱。妹妹莎拉把節目表拿給他時，扮了一個鬼臉說：「為什麼上面寫著：『六年級合唱團，指揮：哈特・伊凡斯』？」

哈特聳聳肩。「可能是整人遊戲吧？」他仔細折好節目表，收進背包裡。

爸爸抓起哈特的手，緊緊握著。「這是我看過最棒的音樂會！『指揮：哈特・伊凡斯』並不是整人遊戲，我真的以你為榮。」

哈特笑了，但他不知道該說什麼，而且他覺得臉愈來愈紅。幸好爸爸幫他解了圍。「你說我們去吃冰淇淋好不好？」

哈特回答：「耶！太棒了！」他急忙轉身，去找梅涅特老師，卻看不到他。「我得去後台一下，等我幾秒鐘，馬上回來。」

梅涅特老師不在台上，也不在後台的走道。哈特看到柯琳，小跑步到她身邊說：「柯琳，做得好！」

柯琳微笑說：「謝謝，你也是。」

「你有看到梅涅特老師嗎？」

柯琳用手指一指。「他剛剛帶著一疊樂譜走去那邊了，可能是回音樂教室吧。」

哈特往走道那邊衝過去。

21 曲終人散

當哈特往音樂教室裡看去時，只有前面一排燈開著。梅涅特老師站在桌子前，盯著一箱裝有檔案的紙箱。

哈特猶豫了。老師看起來似乎有心事，他兩手放在椅背上，身體微微前傾。哈特覺得這時似乎不該打擾他。

但哈特還是敲敲門。

梅涅特老師有點被嚇到，當他看到哈特時，臉上立刻出現一個大大的笑容。

「梅涅特老師，我可以進去嗎？」

「當然，」老師說：「音樂會真的太棒了，哈特。我說真的，這是有史以來最棒的。」

哈特也笑了。「謝謝。我在體育館裡找不到你，發現你已經離開了。柯琳說你可能在這裡。我來是想跟你說謝謝。如果不是你，我們就不會有音樂會。我是說，不會有這場音樂會。」哈特突然覺得害羞起來，臉上的紅潮就要再度來臨。「所以，那個……謝啦！」

哈特走到桌邊，伸出右手，梅涅特老師也伸出手握住。

就在此時，哈特看到紙箱裡的物品。一把寫著梅涅特名字的橘色剪刀、「偉大的音樂家」桌上月曆、一疊《音樂教育家》雜誌，還有六、七本書，封面上都有梅涅特的署名。

「你為什麼要清空桌子呢？你要搬到別間教室嗎？」

梅涅特老師頓了一下。「假期之後我就不會回來上課了。因為鎮上經費不足，所以我得去其他地方找工作。」

哈特非常震驚。「你是說他們開除你？他們怎麼可以這麼做？那以後誰要帶合唱團呢？」

梅涅特老師笑了笑，高舉一隻手，看起來像路口指揮交通的警察。「不不不，不是開除，他們只是精簡掉這份工作，他們有權如此。我不知道誰會來帶合唱團，明年一月以後還有沒有合唱團，也還不知道呢。」

「可是，為什麼你不跟大家說呢？我們……我們可以做點什麼啊，像是寄陳情信、連署，或是發動抗議……做點什麼都好啊！」

梅涅特老師又笑了。「這就是為什麼這次受影響的老師們要求在假期才公布名單的原因。我們都要盡原來的本分，我們不希望過多的同情與憂慮讓事情變複雜。」

哈特怔住，幾乎要生氣了。「可是……這不公平啊！」

梅涅特老師點點頭。「我也這麼覺得，但不管怎樣，事情已經決定了。你也知道，人生充滿變化，有各種意想不到的變化。」

這次輪到梅涅特老師伸出手。「所以，再見吧，至少現在是這樣。很高興能和你一起工作，哈特。」

哈特再度握住老師的手，拼命壓下喉嚨中哽咽的感覺。他努力讓自己微笑，說了一句：「保重。」接著轉身走向門口。

「哈特，等一下。這個給你。」

哈特回頭，梅涅特老師從箱子裡拿出一個信封。「我可以分你一條，因為我還有一條。」

他在信封裡掏一掏，拿出一條用過的十六號橡皮筋給哈特。

他再度把手伸進信封裡面，拿出另一條橡皮筋。「或許我不該說，但我還是決定要告訴你。謝謝你把它給了我，沒想到這個竟然是我最需要的。」

哈特笑了。「是啊，」他說：「我也滿喜歡它的。」

梅涅特老師抱起紙箱。「我得用跑的了，我太太在車上等我。好啦，祝你假期愉快，哈特。」

哈特點點頭說：「沒問題，你也是。我們之後還會在鎮上碰面吧，梅涅特老師。」

老師笑著說：「那是一定的。」

哈特走出音樂教室。梅涅特老師隨後，把燈關上。

國家圖書館出版品預行編目資料

16 號橡皮筋 / 安德魯．克萊門斯（Andrew Clements）文；陳采瑛譯；唐唐圖 .-- 初版 . -- 臺北市：遠流 , 2009.10
面；　公分 . --（安德魯．克萊門斯；7）
譯自：The Last Holiday Concert
ISBN 978-957-32-6525-2（平裝）

874.59　　98016164

安德魯．克萊門斯❼

16號橡皮筋

The Last Holiday Concert

文／安德魯．克萊門斯　譯／陳采瑛　圖／唐唐

執行編輯／林孜懃　特約編輯／周怡伶
內頁設計／丘銳致　副總編輯／王明雪

發行人／王榮文
出版發行／遠流出版事業股份有限公司　104005 台北市中山北路一段11號13樓
電話：(02)2571-0297　傳真：(02)2571-0197　郵撥：0189456-1
著作權顧問／蕭雄淋律師
輸出印刷／中原造像股份有限公司
□2009年10月1日　初版一刷　□2021年9月10日　初版二十一刷

定價／新台幣250元（缺頁或破損的書，請寄回更換）

ISBN　978-957-32-6525-2
遠流博識網　http://www.ylib.com　E-mail:ylib@ylib.com
安德魯．克萊門斯校園小說部落格：http://tw.myblog.yahoo.com/frindle_ylib/